文芸社セレクション

それは雲を動かす音

——4℃⁺——

好野 カナミ

YOSHINO Kanami

文芸社

もくじ

それは雲を動かす音

——4℃⁺——

1章　ありえない音

1

何、これ。ありえない……。

駅前にある大型家電量販店の楽器コーナーから、聞こえてくる音。それは、こんな空間で響くはずのない、強烈な音だった。

心臓がわめく。手が、足ががくがくいって、思い通りに動かない。人や棚にぶつかりそうになりながら（背負っているチェロはぶつかってしまったけれど）、俺は音の元へと急いだ。

一台の電子ピアノ。辿り着いた場所には、すでに人垣ができていた——ものの、一メートル内には近寄りがたい空間が存在するらしく、人々は一定の間をとった上で聴き入っていた。漆黒の髪の少女（俺と同じ高校生だろうか）が放つ、音色に惹かれて。

言葉なく立ち尽くし、奏者が紡ぎだす旋律に聴き入る。

ヨハン・パッヘルベルの『カノン』だ。

なんだよ、コレ。眩しすぎ。

表に出たり裏に入ったりするのは、ヴォルフガング・アマデウス・モーツァルトの『きらきら星変奏曲』。それは、力強く輝く、刹那に燃え上がる情熱の星。時折、ヘンリー・クレイ・ワークの『大きな古時計』が現れ、秒針響く濃紺の空を彷彿させる。

彼女の指から発せられる、予測できない主旋律。左手、半拍遅れで奇妙な音階を奏でる。叩く鍵盤の数、半端でない。でも、ただ叩いているだけではない、上質の鈴が深い音で鳴き、歌っている。

ダメだ。殺される。こんなの、こんなところで放つなんて、酷い。不意打ちで聴かされたら心臓壊れるって。

流星群が地へ向かって落ちる。そんな音がざあっとやってきて、世界が光って、やがて夜空に平穏が訪れた……。

終わる。

静寂が満たす深い夜。

漂う想い。締め付けられる胸。

もう少し、もう少しだけ聴かせてほしい。

という願い、するりとかわされた。

大気を舞う音色はより一層輝き――流れる旋律を止めることなんて、できるわけがなかった。

やがて、夜明けの風が吹いた。

場に生まれた沈黙。

数秒後、波に似た拍手が起きた、のに、当人は関心がない様子。形のない旋律を奏でながら、次の曲を選んでいる。彼女の目は、鍵盤が想い人かと疑ってしまうほど真剣。自分がどんな状況にあるのかまったく気づいていない。

なんだろうコレ。心臓あたり、もやもやする。

俺は聴衆を掻き分け、電子ピアノの前に出た。それでも彼女は、視線を動かすことなく弾き続ける。

胸中で舌打ちし、近くにあるエレクトーンの椅子を拝借。ケースから、サイレントチェロを取り出した。向かいにある音響増幅器には、何かのシールドケーブルが接続されている。ソレを抜き、チェロと接続し、逸る心に従い素早くエンドピンを出す。

突然の乱入者に、人々の視線が集中。

大量の、絡みつくような視線を受け流し、彼女の旋律を壊さないよう調律の音をゆったりと乗せた。すると、他と異なる視線、一瞬だけ感じた。

直後、鍵盤が凛と鳴った。俺の上を疾走しだした音の羅列。

ああ、やっぱりヘン。個性的すぎ。

これって、今作曲している？　奥の方にヨハン・ゼバスティアン・バッハの『月光』があるけれど、主旋律はわけわからん!!

実のところ、この人のコト、俺は知らない。

小学校を卒業してからの三年間、家族全員で海外へ行っていて、日本に一人で戻ってきたのは高一の春。それから一年と八ヶ月経ちはしたものの、男子校に通っているのだ。接触したことのある日本人の異性の数なんて、高が知れている。でも、知らない人だとか異性だとかそんなもの関係なく、演奏を耳にしてコレだと思った。この人となら一緒に音楽できるって。

さあ、どうやって落とそう。まあ、こんな音出す人に戦略練っても意味なんてないか

——って見えた、切り替えポイント！

いつの間にかリズムを刻む役になっていた、チェロの弦二。すっと前へ。

奇妙な旋律に弦二を響かせ。急激に広がり、深まる音の空間。

破裂までのカウントは、あと、わずか。

観客の熱まで上昇。何か、見えないものがわっと押し寄せてきている。

ふと彼女に目をやると、顔を歪にしてこっちを見ていた。口元までゆがめて。

疾走感がすさまじく、弾いているこっちの体力まで、ぐんぐん吸い取られていく。というのに、アドレナリン全開状態。止まんない！

かあっ！　やった、いい人見つけた!!

体の中、表現できない熱い感情で圧迫され、意味不明な叫びが口からもれた。

こんな感覚、久しぶりだった。

盛り上がりすぎた楽器コーナーから逃げるように抜け出し、公園に駆け込んだ。

切れた息を整えつつ、なんとはなしに空を見る。色が、少しくすんできていた。陽が落ち始めたのだろう。

冬は夜になるのが早い。一日が早く終わるみたいで、損した気分。だとしても、俺にとっては夜こそが活動時間。そういった気分も帳消しになる。冬休みに入った今、いつも以上に楽しめるし。

彼女は、どうだろう？

「あのさ」

斜め後ろに、屈んで息を整えていたさっきのピアノ弾き。彼女の視線に合わせようと、こっちも屈み、言葉を続けた。

「なんで、あそこで弾いていたのかな？」

芸能事務所から声がかかってもおかしくない奏者だ。ライブハウスなりスタジオなりで弾いているなら納得なのに、家電量販店で弾いているなんて、ありえない。少し試し弾く程度の試奏ならまだしも。

彼女は瞼をぱちぱちと忙しなく動かし、俺を見た。

何、その顔？　ああ。

「俺、山之邊武史っていいます。高二っス」

「深雪香織。……高一」

いい声。

肩の上で揃えられた癖のないきれいな黒髪に、カジュアルなパンツ姿に合う、耳にやさしいアルト。

雰囲気は落ち着いていて、高一というより高二か高三っぽい。

性格は、あんな演奏をするのだ。人に縛られることを嫌がるマイペース——な気がする。

それにしても、口数が少ない子だ。演奏時から一緒に居たのに声を耳にしたのは、今が初めてだった。

彼女は長い睫毛を地に向け、静かに深呼吸をしだした。耳が少し赤い。走ったからか、演奏でかわからないけれど、平常心を引き戻そうとしていると見て間違いなさそうだ。

ふと華奢な手が動いた。公園のやわらかな砂利の上に指を置き、また何かを弾こうとしている。

この人、中毒者っぽい。音の。

俺は彼女の指の動きを見て、聞こえるはずのない音に耳を傾けた。

……コレって。

「わからない」

アルトの音色が耳に入る。

「ここからどうして。あんな展開、出てくるの?」

さっき俺と弾いていた即興曲。それを弾きながら、彼女は小首を傾げた。

「俺からすると、カヲちゃんの演奏の方がわからんよ」

「か、〝カヲちゃん〟」

ピタリと指を止め、こっちを見た。片眉を上げ、引きつった笑みを浮かべている。

「あれ？　名前間違った？」

「違ってはいない。けど、馴(な)れ馴れしい」

ダイレクトに言う子だなあ。

でも、年下相手に「カヲリさん」って呼ぶのは、おかしい気がする。かといって苗字呼びは、苦手だ。

「とすると……〝カ〜ちゃん〟？」

「親じゃないです」

「なら、〝ミーちゃん〟」

「ネコのようですが」

「ええ!?　なら、〝ユッキー〟〝ミヲりん〟、あたりか……」

アイドルっぽくてイメージと違う。私的には、口にする勇気が必要となるので、違う呼び名を希望する。

「もういい」

彼女は深い息を地に落とし、張りのない声を発した。

「初めのヤツにして」

「わかった」

俺は神妙な面持ちで頷き、口を動かす。

「〝カ〜ちゃん〟っ」

「違うってば！」

いい返しだ。

この人、口下手っぽいのに会話のテンポが合う。そのおかげで楽しんでしまい、結果、鋭い視線を向けられた。

「ゴメンナサイ。〝カヲちゃん〟と呼ばせていただきマス」

「よろしい」

会話が途切れると、カヲちゃんはまた指を動かした。今度は何を弾いているんだ？よくわからない。

弾きたい、一緒に。

想いが、じわじわと体内に広がりだす。

「でさ」

追い払うよう口を動かす俺。

「なんであんなトコで弾いていたんだっけ」

「〝なんで〟……？」

反応が返ってきた。が、指はなめらかに動き、旋律を奏でている。こっちへの興味は薄いっぽい。

「普段はどこで弾いているんスか」

「……」

「カヲちゃんのこと全然知らなかったから、なんでかなと」

彼女は、奏者内で騒がれるレベルの音を放つ。だというのに、仲間の誰からも話を聞くことがなく、あんなところで弾いていた。おかしすぎだろ、そんなの。

地に顔を向けたままこっちを見ようとしない彼女に、俺は顔をしかめた。

「普段弾いて、る？」

失敗。若干低い声が出てしまった。

ここでも弾くのだ。音楽から抜け出せるわけがない。だとわかっているのに、俺はなんで不安になっているんだ？

ええっと、整理しよう。弾いているのに情報が入ってこなかった、ってことは……

「そっか。ここらの人でないのか。――違うか」

彼女は、ポシェットを斜めがけにしている。ミニ財布とスマホ以外、入りそうにない小さなモノだ。所持品はそれだけ。荷物の量からして、あの場所にふらっと立ち寄って演奏していたとしか、考えられない。かといって、誰かとの待ち合わせまで時間があったから弾いていた、のではない。時間を気にしていたら、ああも夢中になって演奏しないはず。

だとすると……??

考えれば考えるほど、わからなくなる。でも、カヲちゃんは何も言わない。

じっと表情を見て、反応を待ってみた。

なかなか変わらない。むしろ、表情を硬くさせているように見える。なぜ?

ふと、視界に入る指が止まっていることに気づいた。

「――る――い」

下を向いた彼女が放った声は濁っていて。

俺は耳をそばだてながらも、彼女の指から目が離せなくなっていた。

この手は――。

「うるさい!!」

ばっと立ち上がった彼女が、怒りを宿した目を向けてくる。

「なんでよ。なんで見つけるの。なんであんな音、聴かせんの! そっとしといてよ!!」

……どうしたんだ?

状況についていけない。俺は何を言った? 訊いてはいけないことでも口にしたのか??

――〝訊いてはいけないこと〟? え。さっきのが!?

カヲちゃんは口をきゅっと噤むと、身を翻し――走った。

「っ!?」

反射的に、後を追おうと足を踏み出す。

「もう接触してこないでっ」

振り向き放たれたアルトの声。強い口調にはっとなって、俺の動きが止まった。

なんで？

なんでだ？

なんでそんな〝手〟をしているんだ!?

「……イヤだ」

混乱のあまり出なかった声。やっとのことで発せられたのは、掠れたモノで。

「放っておけるかよ！　その音、なんだと思っているんだっ!?」

もう影すらないというのに、俺は彼女の居た空間に向かって叫び、咽（むせ）た。

2

弾く。ひたすら弾く。

感情が体の中ぱんぱんになって、吐き出さないとくるしくなる。だから、チェロを使って吐き出す。がむしゃらに弾く。

弓、ボロボロ。

何をやっているんだ？

チェロの弦二に申し訳ないと思いながらも、手は動き続ける。頭の中で鳴り響くコレを止めることなんて、できない。手を止めたら俺、音に溺れるって。

「た、タケシ?」

声をかけられたけれど、俺は弾き、追った。頭で響いているカヲちゃんの旋律を。

逃げるなよ。今追い付くから、一緒に行こう。

摑めたと思うとするりとかわされ、追い付けない。目の前にあるのに届かない。

「あ～、わるいがなあ。そろそろ始まるんだぞ。準備できてんのか?」

――?

顔を上げる。と、目の前にドラムスティックがあった。頭にタオルを巻いた三十代の男が、件のものを持って立っていた。

「――どこ、ココ? 今日いつ、何時!?」

言いながら、きょろきょろと視線をめぐらす。

「ちょっ。戻ってきたと思ったらソレかよ」

タオル頭――エージさんに苦笑いされた。

「青春してっからねえ」

エレキベースを抱えている二十代後半の美形男性、あっちゃんが煙草をふかしながらにやにや笑う。

そういえば、カヲちゃんと別れた後、アマチュアロックバンドのサポートとして、ライブハウスに入っていたんだった。控え室で弾きまくっていたらしい。

「青すぎるっつ～の。聞いているこっちが恥ずかしいわ」

「いいんじゃね？　若者の特権でしょ。オレはタケシの弾き方好きだな。チェロなのに、ジャンルに捕らわれない音を出すだろ」

「んじゃ、俺はジャンル不問な〝チェロ弾き〟ってコトで」

　褒められた気がしたから、平淡な声ながらも言葉を放ってみた。でも、チェロに対する一般的なイメージがわからない。

「ああ、チェロ弾きだよ。おもしろい音の、な。でも、今日はロックで、ギターだからな」

　そうだ。そこにあるヒトミさん（借り物のエレキギター）を、弾かなきゃなんだ。

　頭、エージさんにぐしゃぐしゃといじられた。拗ねたと勘違いされた気がする。いや、本当に拗ねていたのかも。

　頭の手をそっと払い退け、俺は弓に触れた。ギターいじるのは後回し（借り物だから、本来なら先に触っておくべきだよな）。

　にしても、

「そんな青い音、出していたっスか？」

　青い音だったなんて自覚ないのだけれど。

「「出ていた」」

　迷わず言われてしまった、二人に。

「あ〜、そっかあ。まあ……高二だし」

思春期デスカラネ。それなりに青春させてクダサイ。さっきはなんか、もやもやしていたし。

「――って、待て！　さっき俺、色っぽい事考えていたらそんな音出たのか？　興味あるかも。うん、かなり」

「お？　そいつはおもしろそうだな！　聴きてえぞ」

「同感！」

「オス！　妄想全快弾き、いきまあ〜すっ」

腕まくりして新しい弓を構える。やったる！　と思ったら、

「出番、なんだけど？」

ドアの傍に居た二枚目男子――サポートシンセサイザーの優琉(すぐる)に、呆れ顔で言われてしまった。ちぇっ！

光り、疾走する音。このバンドの、ロックな音。

エージさんの豪快なドラム。それに絡み合いながら、爽快な低音を放つあっちゃんのベース。二人の上を進む荒い優琉のシンセも、騒がしい俺のギターも、いい味を出せているようだ。のっている客がいるのだから、そういうコトだろう。

でもさ。俺がステージで弾きたいのはコレではないんだ。

ああ……。あの音が欲しい。どうにも満たされない。

なんて思いを音にのせないよう、作った顔して。

ふと、似たような演奏をしている奴に気がついた。シンセの優琉だ。

優琉を盗み見る。と、目が合った。

ぴんと来た。

……いいのか？

エージさんとあっちゃんに視線を送る。返ってきたのは、イタズラ実行前っぽい笑み。

いいんだ!?

再び優琉を見る。お先にどうぞって顎で言われた。

うわあ！

ドラムの要となっているシンバル――ハイハット。その間をくぐるようにして、鋭い音出して、ギターリフで疾走。

ギター音、ベースと絡まって身体を駆けめぐる。

場の空気が変わっていく。熱上昇。

そこに、俺のリフレインの上を優琉の鍵盤が勢いよく走り出した。

曲が、空気が、弾けた!!

鍵盤を破壊しそうな雑な弾き方をする優琉。決してうまくはないものの、こういう速度になると本領発揮って感じだ。おもしろい。

半ば壊れた鍵盤に、閃光のようなギター音を出して。俺らめちゃくちゃ。なのに、笑いながら合わせてくれるエージさんとあっちゃん。二人に感謝しつつ、俺と優琉は容赦なく、遊んだ——。

＊

「あの二人、明日平気なのか?」

クリスマス仕様のきらびやかなネオンに包まれた夜道を歩きながら、白峰優琉がそうつぶやいた。こいつが口にした二人とは、さっきまで一緒にステージに立っていたエージさんとあっちゃんのことだ。

「〝明日〟? なんかあるんだ?」

「いや。〝なんか〟っていうか……仕事があるだろ」

「ああ、そっか」

控え室に戻った瞬間、二人はソファーに身を投げ出し、しばらくの間、放心していた。反応がなかった二人を置いて、俺らはこうして帰路についている。優琉も同じ学年で同じ寮生なものだから、最後まで付き合える余裕はなかった。なので、わるいけれど。

九時過ぎの駅前通り。通行人の足は急いでいるか、ぶらぶらとしているかの両極端。

そんな中、俺と優琉は、楽器を背に学生寮へ向かって一直線に歩いていた。

寮の門はすでに閉じられただろう。俺はいつも一人で演奏している。だから、ルームメートをスマホで呼び出さないと楽器を寮に入れられない——ということもあって、今日はいろんな意味でよかったと思うワケで。

「あのさ」

前を見ながら、横を歩く優琉に言った。

「ありがと」

抑揚のない声。

それでも、優琉のおかげでギターでも楽しめた。本当に感謝している。直前までの気分から少しの間、解放してもらえたし。

「……別に」

優琉の声は、どこか苦々しげだった。

閉店時間が近い百貨店の入り口。そこに設置されたクリスマスコーナーのスピーカーから発せられる音楽、耳障りな高音がまじっている。だからそんな顔をするのだろうか？　クリスマスっていろんな音が溢れるから、耳に悪いんだよな。気にしていたらキリがないので、かまわず話させてもらうけれど。

「でさ。今更ではあるけれど、なんでお前がギターでなかったわけ」

本当は、同じ寮生の宮っち——正しくは宮内サン（高三）が弾く予定だったギター。時季が時季だからか今日は予定があるってことで、ヒトミさん（宮っちのギター）でよく遊んでいるこっちに話が回ってきた。優琉経由で。

　普段チェロを弾いている俺。でも、チェロを人前で弾く場所は限られている。だから今回、ヒトミさんを借りて弾いた（いろんな楽器をいじるのが好きなので、わりとなんでも弾けるんだ、俺ってば）——のだけれど、優琉の部屋にはベースがある。そう考えると、こいつがギターって方がしっくりくるだろ。ジャンル的に、さ。そもそも、優琉の鍵盤は——。

　優琉を見ると、まだ苦い顔をしていた。

「ベースとギターは違うから」

　眉間（みけん）に深い皺（しわ）を作り、不機嫌な声で言われた。

「まあ、そうだけど。でも、お前って鍵盤じゃない、と思う」

　俺はこいつのベースを聴いたことがない。が、あんな弾き方をする人が、キーボーディストのはずがない。背中にあるシンセより、肩に提（さ）げているヒトミさんの方が似合っているしさ。

「サポートでもやらない方がいいって。株下げるよ」

「ヘタでわるかったな」

　感情を殺した言い方で返された。

　いや、ベースやっているのに鍵盤まで叩けるのは、それはそれですごいことなのだろう。でも、お前のベースのためにもこの思いを口にしたくはないし、謝りたくもない。第一、同じくらいの身長なのに俺より脚長いってどういうこと？　すっごく気に入らないから謝るわけがない。

優琉は深いため息をつき、言葉を紡ぐ。顔は変わらず苦々しげ。

「今回は仕方ないだろ。オマエは鍵盤弾かないようだし」

「正解。弾かない。俺の方がうまくても、絶対に」

優琉の口、閉ざされた。

悔しいなら、もっとうまくなるかベースに絞るかしろ。お前の音自体はキライじゃない。だから、中途半端な音聴かせんな。

通りの左手に、昼間の公園が見えた。

激しい音色。きらめいていた旋律。

星、街灯り（まちあかり）と雲で見えないから、余計、胸が締め付けられた。

明日は雨か……。

3

息を切らして玄関を開け、ランドセルを背負ったまま奥へと進む。

がらんとしたリビング。テーブルの上には、ペンでトラック名を殴り書かれただけの見慣れないCD。持ち主不在の楽器たち。朝までなかった旅行カバン。クローゼットの前にあったはずのトランク――。

「今しがたご出立されましてねえ」

後ろからした声の方を見ると、老夫婦が立っていた。掃除や家事を手伝ってくれているハウスキーパーの高岡夫妻——高岡のじいちゃん、ばあちゃんだった。

「そうなんだあ」

間延びした声で答え、俺はぼんやりと両親が旅立ったばかりの空間を見据えた。

「一週間程でお戻りになるそうですよ」

なんて気遣う声が聞こえたけれど、そんなこと俺には関係なかった。

聞いたところで、どうせ遅くなったり早くなったりするんだ。戻ってきたってまたすぐに出て行くし、居たって何かを弾いていたり歌ったり、だし。親子の会話は、ほとんどが音楽を通して。

なあんだ。走って損した。——って思ったこと、覚えている。

授業参観のチラシが入ったランドセルより手にしたピアニカの方が重くて、うんざりして。投げ捨てられれば、楽になれていたのだろうか。

淡い笑みを浮かべる俺の視界。うるさくちらつく白いもの。

カーテンが、開いた窓から入る風で揺れていた。空気は湿気を含み、今にも雨が降り出しそうで……。

苛立ちを押し殺し、ゆっくりと窓を閉めた——直後だったか直前だったか。背後から、澄んだ音がした。

弟が、ピアノの前に居た。俺同様ランドセルを置きもせずに。

件(くだん)の荷を忘れたのか、そのまま椅子に座り、鍵盤の上に指をそえ——。

放たれた、凛(りん)として透明な音色(ねいろ)。

じんわりとしみるから、自然と目、閉じていた。


窓を打つ雨の音。耳の端の方に追いやって、俺は口を開いた。

「駅前の電機屋でピアノ弾く黒髪の子、知らない？」

「あ……？」

唐突だったらしい。優琉は、味噌汁を口にする直前で停止した。

「一つ下のピアノ弾き——あ、女の子なのだけれど、お前見たことない？」

「〝一つ下〟？　知らないな。見たこともない」

「そっかあ」

話しながら優琉の前の席に朝食を置いて、「いただきます」ってやって、箸(はし)を動かす。

目玉焼き、理想的な半熟具合。食堂のおばちゃんに希望を言ってよかった。

「その子が何」

「……探そうと思って」

あの音、野放しになんてできない。

見つけてしまったのだ。嫌がられても追い駆けないと心が枯渇(こかつ)してしまう、音に飢(う)えて。

「そんなにいい音なのか」

「まあね」

口にいろんなものを詰め込みながら優琉を見ると、今日もまた眉間に皺を作っていた。

いつもこんな顔していたっけ？

今まで顔をあまり見ていなかった。当然、記憶を漁ってもわかるわけがなく。

「あ！」

優琉の後ろを通過した人がいた。

突然俺が発した声に少し驚いた様子で、その人――宮っちが足を止めた。いい時に会えた。そっか、今日寮に戻ってきたのか。

「お帰りっス、宮っち&ヒトミさん」

口に詰まった料理を飲み込み、なぜか焦って言葉を放つ。

「駅電のピアノっ子、知らない？」

「ああ!?」

これでもかってくらい左右の顔のバランスを崩された。直後、「省略しすぎ」と小声で言った優琉に盛大なため息を吐かれた。宮っちはぶっきらぼうな口調ながらも人がいいので、俺の意味不明な言葉の後を待ってくれている。

「あ～……。駅前の電機屋でピアノを弾く黒髪の女子高生、見たことないっスか」

「ねえな。電機屋なら川田あたりが――」

「知っているよ」

声が割り込んできた。後方から聞こえたものや会話の流れから推測するに、メガネ――ワダさん（川田センパイ）のようだ。

顔を上げそっちを向こうとすると、頭に重く平らなものを乗せられた。料理が乗ったトレーだろう。

「たまに居る凄腕の子だろ」

「〝たまに居る〟んだ？　どのくらいの頻度っスか」

優琉の顔を見ながらメガネの人と話すとは。ヘンな感じだ。

「一、二ヶ月に一度くらいかな」

「げっ。間隔長っ」

「休日の三時過ぎに居ること多いなあ。って言っても、弾くのはいつも五分程度だぞ。捕まえるなら店員に頼んでおけば？　店員も会話のきっかけを探しているみたいでさ。ネタができたって喜ぶと思う」

結果的にかなりの客寄せになっているため、カヲちゃんがどんな人なのか、店員としても興味があったようだ。――ワダさん、俺らの話を聞いていたのか。

「冬休みだから出現率高くなっているだろ？　頼んでおけば、わりとすぐに捕まるんじゃない？」

「う～ん。どうかな」

昨日の様子では、俺を避けて現れないかもしれない。店員に頼んだとしても、彼女ならかけられた声に気づかなそうだし、仮に気づいたとしても逃げそうだし……。

「他の出現ポイント知らないっスか？」

「おれは女子狙いで街をぶらつきはしないの」

〝生粋の〟家電好きだからこれ以上知らないらしい。使えないなあ。

まあでも、駅前を張っていれば見つけられる、と思う。

「何？　惚れたの？」

ワダさん声が弾んだ。

「う〜ん。言葉にするとそうな――」

「音だろ」

「音です」

「音なんだ……」

ワダさんの興味は、宮っちと優琉の言葉で掻き消されたのか、「つまらん」とぼやいて去っていった。

当人の話を遮って、勝手に終わらせないでほしい。胸中で息を吐いた。そして、解放された頭を上下左右に動かし、凝りをほぐした。

「落とせたら聴かせろよ」

なんて言葉を残し、宮っちまで去っていった。気楽でいいよなあ。こっちは切実なのに。

「……それほどの音の主を、オレたちがなんで知らないんだ？」

気づくと、優琉は訝しげな顔で食事を進めていた。

こいつの指摘はもっともだ。あの腕前なら、楽器屋やライブハウスに出入りする誰かが話題にし、こっちの耳に入っていて当たり前。たぶん、宮っちもソコを気にした。だから「落としたら」でなく「落とせたら」と言ったのだと思う。

そうだよな。彼女をモノにするのって難しいだろう。なんせ――。

確証ないながらも覚悟はできていた。その所為か、口にするのは案外簡単だった。

「やめたみたいなんだ」

単調な俺の声に、優琉の手が止まった。

こいつの指は手入れが行き届いていて、しっかり〝奏者〟している。彼女と違う、手。

「手がさ。家事とか何かいろんなことをやっているモノだったんだ。ピアノ弾きのじゃなかった」

カヲちゃんの指はささくれ、あかぎれ、手の冷えやケガに気をつけている様子がまるでなく……心臓に悪くて。

「苦労するぞ」

声を落とし、放たれた言葉。

「だよねえ」

頷き、俺は味噌汁をすすった。

見つけるまでも、モノにしてからも、彼女が抱えている問題を解決するまで、俺は気を揉むのだろう。でも――。

「でも、見つけてしまったんだ。引き戻すっきゃないっしょ」

あの音聴いたらさ、お前だってムカつくよ。こんなところで何やっているんだ――って。

「名前は？」

「カヲちゃん」

こいつなりに探してくれるのだろうか。

「〝一つ下〟、だよな」

「そう」

優琉は、白いごはんをじっと見て、

「……知らないな」

ひどく不味そうに口を開いた。そんな顔で食べていたら消化に悪そうだ。

「いい。俺の手で探して、捕まえる」

それが引き摺り戻す者の責任だろ。

「わりと自信はあるんだ」

落とすことにおいては……。

にっと笑ってみせると、胡散臭いものでも見るような目を向けられた。

＊

「今日はまだですねえ」

午後二時四十八分、昨日の楽器コーナー。男性店員にカヲちゃんが来たか訊ねると、まったりとした声が返ってきた。

もう帰ったのではと不安に駆られていたから、まだだと言われてほっとした。と同時に、掠めた手が虚しくなった。

「その楽器……」

店員が、俺の背にあるチェロに気づき、目を瞬かせる。

「昨日の方、ですか？」

気づいていなかったのか。集まった人で俺が見えていなかったのだろう。

「はい。騒ぎを起こしゴメンナサイ」

曲を終えた時、ライブハウスに近い喝采を浴びてしまった。楽器狙いでこのコーナーへやって来た人にはものすごく迷惑だっただろう。まあ、文句言えなくなるような音を出していたはずだけれど。

店員は、俺の言葉に「いえいえ」と口にしながら手を左右に振り、苦笑。

「むしろ助かりはしたのですが……。お恥ずかしい話、弦楽器には詳しくないもので、お客様に演奏されていた楽器を訊かれても答えられずにいたのですよ」

　そっか。ここには弦だとエレキギターとエレキベースしかないもんな。というか、チェロに興味を持った人がいたのか。

「音からしてあれはチェロの……？」

「サイレント。サイレントといっても、アンプがあれば当然音量は――」

　チェロの話を聞いてくれる人なんて、俺の周りにはあまりいない。むしろ、無に近い。音楽科のある学校に通っているならまだしも、うちの高校は普通科しかなく、楽器が楽器だ。普通科の、この年代の男子が興味を持つのは、ロックバンドで使われている楽器がほとんど。そのため、ほんの少しでもチェロのことを訊ねられるとあれこれ説明したくなって――。気づくと、三時を過ぎていた。

「そうだ。彼女が来ても、俺が探しているって言わないでください。自分で捕まえたいので」

　そう口にすると、驚いた顔を向けられた。

「お知り合いかと思っていたのですが」

　ああ、なるほど。

　微笑で返し、俺は真横にある電子ピアノに目をやった。カヲちゃんが弾いていたモノに。

　指で、鍵盤をゆっくり押す。

　伝う少しの感触と同時に、色のない音が出た。

通路の奥には上がりエスカレーターの案内板。そこらに、彼女の姿はない。今という流れ行く時間。こうして立ち尽くしている時間があるならチェロを弾いていたい。でも、今の俺にはこっちが優先だった。何より、心が——どうしようもなく、求めていた。

くるしい。このままで会えずに居たら、俺はどうなってしまうのだろう。

あ、あれ？

エスカレーターあたりからこっちに向かってくる人。見覚えが。

「……なんで来るんだよ」

求めていたのは、あんたじゃない。

「え？　いけなかったのかい？」

やってきた柔和(にゅうわ)な口調の三十代前半の男——草(くさ)ノン（草野(くさの)サン）に、俺は頭を縦に振って答えた。

「少しいじりに来ただけ、なのだけどねえ」

草ノンはプロだ。新曲を出すたび街に溢(あふ)れるスカバン——V●dka（「ウォッカ」と読む）の鍵盤担当。

帽子を被っていて顔が見えづらいけれど、この人が〝誰〟なのか、演奏始めたら一般客に気づかれるかもしれない。気づかれなかったとしても、音で人を招き寄せそうだ。そうなったらカヲちゃんが来ても引き返——さなくても、隠れて聴いたまま出てこない、ような？

話していた店員が、軽く会釈(えしゃく)し去ったのを横目で見て(草ノンに気づかなかった、のか?)、俺は言葉を続けた。

「RECは? さっさとスタジオ行きなよ。なんでこの駅降りたんだ?」

今日は二駅行ったところにあるスタジオでアルバムのレコーディングに入っているはず。その人が、ここに来ていいのか? 逃げ出してきたのか?

「乗り過ごしたのです。でも、電話してみたらまだ平気だって言われてね。だからサボリではありません」

「へえ。じゃあ、俺は明日どうなんの? 連絡きてないよ」

草ノンたちとボーカリスト兼ギタリストやっている母さんは昔馴染(むかしなじ)み。それゆえに俺は、ちっさい頃から草ノンたちに知られていて。新アルバムにチェロを使うってことで、明日、呼ばれていたりする。

「そこまではボクも知らない。でも、新しい風になりそうだから……。こっちが息詰まったままだとしても、気にせずやってほしいかな」

「あ、そうっスか」

信用できない――というワケではない。けれど、ここに居られては困るから冷ややかな視線を送ってみた。が、効果なんてなかった。

「まったく、なんでタケシくんはそんなひねくれっ子に……。いつなったんだい? ああ、反抗期か」

草ノンはぶつくさ言いながら電子ピアノ――件の鍵盤をいじる。

胸にすっと入ってくる、きれいでやわらかな音。俺の言葉をたいして気に留めていないようだ。

「弾けるようセッティングされているのだし、これ、発売が伸びて待ちに待った新バージョンなんだ。試奏くらいさせてくれよ」

〝バージョン〟。

――ってコトは、もうしばらく……来ない!?　え？

「うわあああっ」

電子ピアノの端に縋り付くよう崩れ落ちた俺の体。動揺で脚に力なんて入らない。

嘘だ。この時間、チェロ弾いている方が利口だったってこと？　そんな悠長にやっていられるか！

早く聴きたい。なのに、どうすればいいんだ？　どうやれば捕まえられるんだよ!?

彼女は楽器屋に出入りしても、演奏はしていない、と思う。俺はこの街にある楽器屋によく出入りしている。そんな俺が彼女のことを知らなかったんだ。街中で彼女が弾く場所は、たぶんココだけ。

「だあ、くそ！」

自分の腕に額を押し付け、至近距離にきた電子ピアノの側面部分を睨んだ。

「え、ええっと。タケシくん？　大丈夫？」

困惑の声を耳にしたとたん、腹の底に溜まっていた何かが下からどっと押し寄せてきた。

〝大丈夫〟だって？

「ソレってさ、なんなの？『大丈夫です』って言うのが礼儀なんだろ。大丈夫じゃなくてもさあ」

俺は全然大丈夫じゃない。どうしようもなく飢えて、飢えて、飢えて！

鋭い視線を投げる。と、ひどく居心地悪そうに頬を掻かれた。

「あ～、ごめん。邪魔したね」

「……こっちこそ」

ダメだ。俺、重症。人の善意も素直に受け入れられないなんて。

あの音聴けない――って考えるの、キツすぎなんだ。だからって、人にあたっていいはずがない。ごめんなさい。

だけどさ。この感情は衝動になって、体内で暴れまくって、まくって。

「――かあ！　もうっ」

感情の一部を強く吐き出し、俺は床にあぐらをかいて髪を豪快に掻き乱した。

どうしよう。どうすればいい!?

持っているカヲちゃんの情報はわずか。なら、俺ができることは――っ！

「草ノン。今度鍵盤で新しいのが出るのっていつ？」

発売日あたりに現れる可能性が高いのなら、先回りしやすい。が、そんなにころころと新バージョンが出るのか？

「え？　う〜ん」

顔に苦い笑みを貼り付け、言葉に悩まれた。

そっか……。なんでこう、物事うまくいかな——

突然、後ろ襟を摑まれ、ぐいっと強引に立ち上がらされた。な、何事!?

襟を解放されると同時に振り向いた。そこには、頰をひくつかせる楽器ケースを背負った人——優琉が居た。

どうして、居んの？　何しに来た？　ああ。カヲちゃんがどんな人なのか、気になったのか。

「人様に迷惑かけるんじゃねえ」

ものすっごい厄介な人を見る目、向けられている、俺。

現れて早々、そんな事を言われ、そんな目を向けられるって……俺、酷いことしたんだ？

「来い」

頭を手で押さえられた。引っ張られて体が動く。

「うわ、ちょっと！　いきなりなんなんだよ!?　俺、待っているんだってばっ」

手を力尽くで払いのけて優琉を睨んだ。眼前にある瞳の熱はほぼ０。

「これだけ見られていて、やってくるのか？」

声、静かに熱かった。

気づくと、十人ほどの客足が止まっていた。誰もが怪訝な顔をしている。

草ノンはというと——指で帽子の鍔を下げ、すでに電子ピアノから離れていた。

視線が一瞬だけ合う。すっと客の中に紛れ込みながら手を振り、どこかへ行ってしまった。

「これ……俺の所為？　喚いたから？」

一つ深い息を吐いた優琉に、背を押された。

＊

右手にハウスキーパーである高岡のばあちゃんの手、左手に弟の手があって……いつも足を向けることのない商店街へと歩いていた。

駅の南側は住宅地。そのため、北側を拠点にしている小二の俺には、南側に行く用事なんてあまりなくて。元より、大人と一緒でもないと線路を越えることがなかったから、なんだか楽しくて。俺は、跳ねるように歩いていた。日用品を購入しに行くだけだというのに。

商店街の門が右手奥に見えた時のこと。

「ヘタクソ」

ふと耳に入った音に、弟が言葉を吐き捨てた。四階建ての小さなビルの上の方から、走りすぎて雑なピアノ音が聞こえてきたからだ。

それでも、キラキラと輝く音色で、楽しそうに弾いていた。

「あれが〝遊び弾く〟というものですよ」

なんて、高岡のばあちゃんに困ったような笑みをされ、俺らの音に足りないものが何か、わかった気がした。

＊

雨。

来た時より少しだけ弱くなっているものの、今日はずっとこの調子っぽい。家電量販店のビル出口にまで来て、俺は横に居る優琉にバレないよう小さく息を吐いた。

雨って、好きじゃない。じめじめした空気に触発されてか、心が鬱々（うつうつ）としてしまうから。

大きめのビニール傘を束ねるボタンを外し、優琉との距離を気にしながらゆっくりと開いた。

横に居る優琉の傘も大きめのものだった。背にしているケースに雨水を極力かけたくないのだろう。ケースに雨対策していても、やっぱり気になるよねえ、うん。

足を踏み出す。外に、一歩。

スニーカーが地を蹴り、水音を立てた。

一歩一歩。

音、音、音、音。

……キタ。

頭上五センチあたりにぱっと浮かんだ形のない雲。俺の音の集合体。

それを掴めばいい旋律が生まれるのだろう。が、ここにはチェロがない。今は外だし、雨があたるし、弾けない。殺すしかない、音。

こういう時、イヤになる。普通の人間ぶっていることが。

「さっきの人……どこかで」

横を歩く優琉が、雨音に消えそうな声でつぶやいた。

「一緒に居たの、誰だ？」

「そっか、気づいていなかったんだ？　草ノンだよ。ウォッカの草野サン」

「――えっ」

目を丸くさせる優琉に、苦いモノを覚えた。

そう、こいつはこっちに居ない。音楽をやってはいても、一般人なんだ。幸せ者（いや、俺もデビューしてはいないけれど）。

「ああ……、オマエんとこ音楽一家だったな」

母さんはボーカリスト兼ギタリストの、いわゆるシンガーソングライターで、父さんはオーケストラの打楽器奏者。だから幼い頃から楽器や音楽と共存生活をしていて――。

おかげで両親とは仲がいい。それでも、いつも親が家に居るわけではなかったため〝親〟というより〝友達〟で、〝同居人〟って感じがする。俺にとっての〝家族〟は、弟だけなのかもしれない。

「〝音楽一家〟か」

それってすごくイヤな言葉。――というか、こいつは俺の家族のことをどこまで知っているんだ？　寮生には親の名までバレていないと思っていたのに。いや、こうも俺の扱いが酷いんだから、知っているのは「親が音楽家」程度、だよな。

なんとなくそこで話は途切れ、俺らは黙々と歩き続けた。

傘にあたる雨の音にうんざりしながらも、変則的なリズムで奇妙な和音が生じているものだからついつい耳を傾け、足元ばっかり見ていたため赤信号を渡りそうになって優琉にまた引っ張られ――なんてあったけれど、ひたすら無言で。

「で。ここって？」

そう俺が口を開いたのは、灰色の建物の地下へと向かう階段を、優琉が進んでいこうとした時だった。

その先に、練習スタジオがあるのは知っている。使ったことがある。でも、俺ってば、なんでココに居るわけ？　優琉についてきたからなんだけど、初めに「来い」って言われたし引っ付いてきても何も言われなかったし、いいんだろうけど。

だからって、一緒に入る必要なくね？　俺、何やっているんだ？

「リハ。聞いていけば？」

……リハーサルで弾くのか、ベースを。当然か。

「まあ、オマエの求める音では……ないかもな」

自虐的な笑みを浮かべた優琉は、奥へ入っていった。

「なら聴かせんな」

って言葉、のみ込んで足を動かした。


なんだ、これ？

小さな箱の中で響くメンバーの音は幼稚。優琉だけ上手にリズムを刻んでいて……。

優琉はこのバンドの正式メンバーではない。だからこんなものだろう。

いい場所って、簡単には見つからないものだよな。音楽やりたいだけなのに、さ。

そうわかってはいる。が、言われたとおりだった。聴いていて——イラついた。

こんなメンバーとでも、優琉は楽しそうに弾いていた。顔に笑みはないものの、聴いているこっちが恥ずかしくなるほどベースを愛しているようで、喜びが音に出まくっていた。

——だったら！　この程度で満足するなよ。こんなんじゃ、お前の力わかんねえよ。

悔しくて、もどかしくて。俺は五分もしないで外に出た。

天から落ちてくる滴(しずく)が、熱くなった心にしみた。

2章　惹かれる音

1

空気を振動させ、鼓膜を通って脳髄に刻まれる。輝いていて心惹かれる音。

ただ弾くことしかできない俺。あんな音、俺は持っていない。

足りないんだ。ここにある残り香では、満足できない。鼓膜を震わせ、身体を――心を満たしたい。

ずっと、ずっと前から足りていない。手を伸ばしても届かないソレを、俺は……。

「どうした？　今日の音、異様に、その――」

瀧澤シショーの口、緩慢すぎ。

ヘンな音出ていた？　ブースから出て早々こう言われるってコトは、ボツ？

モニターに向かって腕を組んだままのかっこいい顔をした三十代男――シショーの横顔を見据え、言葉を待った。でも、何か言いたそうに口をまごまごさせるだけ。続く言葉は放たれない。

俺の荷物があるソファーは、シショーの後ろ。そっちへ行きたいものの、イヤなことを背中で言われたくなんてない。俺は、ドアの前で突っ立つ破目になった。

「……恋でもした？」

と、シショーに代わり、草ノンに言われた。「昨日から感じていたのだけれど、違う？」なんて、確信めいた言葉を付け加えて。

〝恋〟、ねえ？

「出ていた？」

恋の曲なので、〝らしい音〟を出したつもりではある。の、だけれど、出すぎていた？

「すっごく。届かないラブソングって感じの」

「そっかあ〜。なら、ちょうどよかったっスねえ」

今の発言、他人事みたい。

「まあな、楽曲的にはいい。今のまま使う。が、気持ち悪い」

「酷いなあ」

シショーは俺の音を気に入ってくれたらしい。なのに、恋の曲を弾かせるくせに、俺の恋は聞きたくないなんて、ズルイだろ。

シショーが作るウォッカの曲、俺は好きだ。さばさばしたこの人だから書ける、クールで情熱的な曲。ひどく格好いい。

だからっていうのと、この人たち好きっていうのと、俺を買って「弾かせてやる」って言うからココに来た——ものの、今ノリのいい曲を弾かされた場合、はじけすぎて使い物にならなかった気がする。

少し歩き、ソファー横に一音（かずね）さん（弦二とは違う普通のチェロ）をスタンドに立て掛けて。手を離したとたん、じわりと下っ腹あたりが重くなった。

呼吸、しづらい。

「俺さあ」

音を発すると同時に、苦笑（くしょう）がもれる。

「ここんトコずっと、恋煩（わずら）いしているんだあ」

そう、あの音に恋焦（こ）がれていて。

言葉を口にし終えると同時に訪れた、沈黙。空気が数分前のものと変わった。

シショーが目を丸くしている。草ノンも、一緒にいるエンジニアも、いろんな人が。

……なんとなく口にしてみただけなのに。

俺は長い息を床へ落とし、ソファーに腰を落ち着かせた。

みんなの視線が絡み付く。

それを受け流すように手を伸ばし、テーブル上にあるコーヒーメーカーの横のカップを取った。

機械にセットされていた黒ずんだ液体。いつ作ったのだろう？　疑問が湧いたけれど液を注（そそ）ぎ、一口。——ダメだこりゃ。

カップを置きソファーに背を預けてっと。などと動いても、絡み付く視線は変わらず。

「シショーはさあ～」

視線を断つべく、思いついたコトを口にしてみる。

「なんで結婚しているんスか？　人と」

「は？」

「だってさ。奥さんなんていたら、自分の時間が少なくなって、音楽できないっしょ」

音楽を愛している人が普通に恋愛して、普通に奥さんもらって——なんてしたら、心の半分は恋人や奥さんへのサービスとか気遣いとかに持っていかれる。なのにシショーは〝音楽をやっていない人〟と結婚した。だから、今でも音楽をやっているシショーはすごいと思う。まあ、オケの打楽器奏者やっている父さんとシンガーソングライターの母さんも、すごい人なのかもしれない。でも、あの二人は仲間の延長線上で「じゃあ籍入れとく？」ってな流れで夫婦になった感じだから、違う気がする。

「俺、音楽と結婚したい。今すぐ一つになりたい。コレ、心身蝕んでいる欲望で、すっごく切実な欲求」

「あのなあ」

シショーは額に手をあて、〝困った生徒を見る教師〟みたいな目を向けてきた。

「思春期の発言らしいと言えば〝らしい〟。が、方向を誤っているぞ。恋愛対象は〝人間〟。音は〝音〟だ」

「わかっているっス。だからくるしんでいるんだ」

一般的な恋愛をしたかった。けれど、そんなの俺じゃない。音楽を求めない俺になるくらいなら、いらない。

「タぁケくぅ～ん、戻ってこ～い」

目の前をシショーの手が行き来する。

失礼な。あっちに行ってないってば。〝ここ〟に居るから心が渇いて仕方がないんだよ。

「――かあっ、聴きたいよお！　カヲちゃんの音っ」

シショーの顔、一瞬で変わった。呆れ顔に。

仕方ないだろ。聴きたい衝動はどうしようもないんだ。我慢できるような大人ではなく、子供だ。

あんたらだって本当はそうだろ？　まだ音楽やっている原因ってソレなんでない？　望む音で心と体を満たしたくてさ、いつまでも抜けられないんだろ？

＊

昼間っからやっていたレコーディングだし、すんなりＯＫ出たしで、俺参加の曲が録り終わっても、時間、残っていたりする。だから（っていうのも違う気がするけれど）もはや習慣のように、足が自然と駅前へ向かっていた。

カヲちゃんと出会った日から、三日が経った。今日はクリスマスイブ。駅前は買い物袋を手にしている人が行き交っている。いつもより活気づいているようだ。

まったく。こんなに人が居たら見つけづらいだろ。

いや、彼女を探し始めてまだ三日、だ。たかが三日で遭遇できる確率なんて低い、はず。会える確率が少しでも上がるよう駅前の、人通りの多い道に居るんだけどさ。

あの音、一度聴いてしまうと――。ああ、なんであの音がなくても平気だったんだ？

駅と直結している百貨店。その脇に備え付けられたベンチに座り、ぼうっと人の流れを見る。クラスメートとか寮生とか、一緒に演奏したことがある人とか、わりと歩いていたりする。

「あいつ彼女できたんだあ」

とか、

「売り子のミニスカサンタって風邪ひくよな」

とか、

「時間潰し用に持ってきたのが〝小説〟って。俺大丈夫か？」

とか、いろんなことを思いながらも、ただ一人が通るのを待っていた。

それにしても、なんで音楽を通せばうまくいっても、音楽がなくなったとたん心が離れたりするのだろう？　俺とカヲちゃんはあの時、確かにつながっていたのに……。

人って言葉に縛られすぎじゃない？　世界は音に満ちている。でも、〝音声〟として放たれる一時的なもの、〝言葉〟によって簡単に〝支配〟されてしまう。彼女に逃げられ落ち込んでいる俺みたいに。

「どうしたんだい？　こんなところで。――そうだ。新しいチェロ入荷したけれど、見るかい？」

「見るみるっ」

なんて、声かけてくれた楽器店の店長にわくわくしながらついていってしまうし。俺、弱すぎ。

言葉さん、いつかシメテヤルから、覚悟しといて。

＊

「宮っち！」

豪快にドアを開け、俺は叫んだ。

左右に顔を動かし、宮っちを探す。探す。

……居ない。宮っちどころか、部屋に誰も居ない。

「ドコだよおおおっ」

ここ寮の――あんたの部屋でしょ？　居ろよ、こういう時はさ！

「うっせえ！　ここに居るわ、ボケっ」

隣の部屋から宮っちの怒鳴り声がした。でっかい声で叫んで正解だったらしい。

ドアの向こうに広がっていたのは、寮生四人がコタツに足を突っ込んでマージャンする光景。クリスマスイブっぽさ、なさすぎ——なんていうツッコミは横に置いといて。

駆け込み、宮っちの横に座り込んだ。

「ヒトミさん元気ぃ～？　——じゃなくて」

「……ああ？」

牌を見たままこっちを見向きもしない。う～ん、まあいいか。

「三胡ちゃん、見つけたんスよ」

「あ??……ああ、三本目か」

弾かせてもらった、入荷したばかりのチェロ。あの子こそ、俺が探していた三胡ちゃんだった（もちろん、カヲちゃんも探している）。

今、手元にいる一音さんも弦二も気に入っている。それでも、あの子は二人では出せない音色を持っている。だから、このままスルーするなんて、俺にはできそうもなかった。

「そうそう！　見つけたんスよ！　なので、譲ってもらうコトになっていたヒトミさん、我慢するコトに決めたっス」

「あっそう」

あれ？　俺にギターのヒトミさんを売って他のギターを買おうとしていたから、文句を言われるとばかり……。

きょとんとする俺に気づいたのか、宮っちは手を動かしながら口を動かした。

「欲しかったヤツ、売れちまったんだ」

「なるほど」

うちの場合、父さんに「楽器欲しい」って言えば買ってくれるのだけれど（自分が打楽器コレクター入っているから）、母さんにバレれば「いい加減にしろ」と、よく通る声で怒鳴られ、仕送りを減らされるのが目に見えている。親をあてにできない分、計算高い人間になった気がする。だからなのか。本当に欲しいものを買い逃すことは、あまりない。

「ほら、弾きたきゃ弾いて去れ。気が散る」

睥を睨む宮っちに、そんなことを言われてしまった。来たばかりなのに失礼な。

ピックではじくたびに鳴き、指ではじくたびに躍るギター。

楽器は、こっちがコンタクトとればこたえてくれる。そりゃあ、ただ弾くだけでは理想の音に辿り着きはしないものの、とりあえず音を返してくれる。こんな対応してくれる楽器はとってもやさしくて——残酷。

ギターの音は軽快で、いい感じ。他の楽器もいろんな味があって、もちろんいい。本命はチェロだけれど。

いろんな楽器に手を出す俺って、かなりのウワキモノ。いろんな人とも演奏するしさ。それでも、〝音楽〟だから許される。

俺、こういう人間だ。恋人は音がいい。その方が人のためじゃない？　心の渇き、どうしようもなく広がって。身体(からだ)、一見普通そうでも、皮一枚剝がすとカラカラにひあがっていて、もうどこから水を注せばいいのかわからない。わからないから、ひたすら弾いて、弾いて、水の代わりに音で渇きを癒(いや)して。気づくと音に喰(く)われていた。

なんで俺、〝音〟として生まれなかったんだ？

2

三胡ちゃんに触れ、俺は入店から何度したかわからない感嘆(かんたん)の息をもらした。

やっぱりこの子いい。見た目からして惹(ひ)かれるものがある。楽器はどれも〝楽器〟なのに、この店内にいる子の中で一番かわいく見える。

「どうせうちの子になるんだけどさ、買う前に弾いていいっスか？」

楽器店のレジに立つ男性店員さんに訊(き)くと、にこやかに「どうぞ」と言ってもらえた。

店内の入り口付近にあるグランドピアノの横に椅子を設置して、エンドピン出してチェロの三胡ちゃん抱えて弓持って……。店の二階が音楽教室になっているため、店内に客が結構いたりする。けれど、気にならなかった。テンチョにつれてこられた昨日だって、人目(ひとめ)気にせず弾きまくったし。

とりあえず、ヨハン・ゼバスティアン・バッハの『無伴奏チェロ組曲第一番』からかな……。

弓でそっと弦に触れる。その瞬間、背中がぞくぞくした。

この子、やっぱりすごい。

比較的安いチェロでも、こんな音出されては、いとおしくて堪らなくなる。（抱えているのに）悶絶したい衝動に駆られるじゃないか。

一音さんは澄んでいてやさしいおねえさんみたいな、小さい頃からの馴染みの人。弦二は体力あって、今風で、格好いい兄ちゃん。この三胡ちゃんは若々しく、独特の雰囲気もある、精神的にさっぱりしている漢前な子。今の俺にぴったりな気がする。出会えて、よかった。

俺が演奏をすると、クラスメートのほとんどが集まってきた。でも、演奏を終えるとばらばらと去られ……。

話し相手など居なかった。会話の中に入ろうとしても、話題の元がわからなかった。家に帰ると何かを弾いてしまうものだから、ゲームもアニメもよくわかっていなかったのだ。

「お友達はできたかしら」

高岡のばあちゃんに訊かれ、小学生の俺は笑顔で答えた。大人に気づかれぬよう上手に。

「友達なんて居る？」

俺は二段ベッドの上から、下へ潜り込んだ弟の巧実に訊ねると、少しの沈黙ののち、疑問系で返された。「楽器、とか？」って。

たぶん、親のことで一目置かれていたからってだけでなく、音楽の授業でも手加減せずにやっていたからってのも、友達ができなかった要因だと思う。

今ではそう認識しているものの、ソレに気づけるほど利口な子ではなかった。

多少ではあるものの、加減を覚えた今、友達はできた。

——それだけだ。

「〝昨日からおもしろいヤツが弾きに来ている〟っていうのは……オマエかよ」

優琉に短いため息を吐かれた。演奏を終えたら聴衆の中に居たんだ、こいつが。

なんか期待させてしまったみたいで、ごめんなさい。

「いつから居た？　恥ずかしいなあ」

「演奏終える少し前からだけど……。オマエ、店長に客引きとして使われていたぞ。店の扉が開いていた。アレは絶対、確信犯だ」

「ああ、よく声かけてくれるのってそういうコトかあ」

バイオリンを弾かせてもらったり、ギターを弾かせてもらったりと、興味ある子を好きに演奏させてもらっていた俺。思い返してみると、俺が弾いた楽器って、何日かしたら買い手が決まっていた。

そっか、客引きか。今日クリスマスだしな、なるほど。

大人ってキタナイ。うん、わかりやすいからキライじゃない。

「オレはここで」

店を出て十字路まで来ると、右の通りを顎（あご）でさされた。信号、青。

「んじゃ。また」

そう言って手を軽く振った後、目の前の横断歩道を渡った先にあるラーメン屋を目指した。朝一で楽器店に入ったまま、昼食をとらずに演奏し続けていたからだ。時刻はもう一時半。

腹のピークは演奏している間に過ぎていて、食欲はとうに失（う）せていたりする。でも、何かを口にすれば空腹感が復活するだろう。と考えたのでありマス。

店の門をくぐる。すぐに従業員の元気な声が耳に入った。

客は少ない。数日前発売された有名雑誌の最新号に、この近所のラーメン屋が載っていた。だから、こんなものだろう。ソレを少しは期待してココに来たけれど……同じことを考えたっぽい人が店に入ってきた。適度に客が来ているようだ。

店員に「お好きな席へどうぞ」と言われ、店内を見渡す。一人だし、チェロがあるから、窓側の角席（かどせき）を確保。水を持ってきてくれた店員のおねえさんに「豚骨醤油ラーメン」と口にして。俺は外を眺めた。

カヲちゃん、歩いていないかな。

よし。今日はプレーヤーがあるんだ。聴きながらまったり登場を待つとする！　ヘッドホン、ヘッドホ——長時間居座るのはよくない、か……。

なんて一人でごそごそやっていたらラーメンが来た。

割り箸をとって、割って、麺すすって。

あ、やっぱり。腹、減りまくっていた。

空腹感に従ってがっつき、完食してからふうっと一息。

で。条件反射のように外を見る。

寒いのにミニスカートとニーハイソックス姿の子発見。

女の子ってすごい。オシャレのためにあそこまで頑張れるのって尊敬する。あの子も丈が短いのを穿いているし。ショートパンツに、カラータイツとショートブーツ、着なれた様子でチェスターコートを身に纏ってているオシャレさんだ。髪はつややかな黒で——って。

……カヲちゃん。

何度見直してもカヲちゃんにしか見えない。うん、カヲちゃんだ！

しかも、男と一緒。

男は、脚が長いからかジーンズがやたら似合っていて、ベースケースも自然に背負えていて、嫌味っぽさはない——が、ムカつ……く？

なんで……〝優琉〟がそこに？

優琉とはさっき俺、一緒だったぞ。カヲちゃんと会うなんて、聞いて、ない。

――なんだよ、それ!?

ばっと椅子から立ち上がり、三胡ちゃん持って、急いで会計を済ませ、店を出た。

二人の進行方向へと走って、走って。チェロが軽くあたって「ごめんなさい」と謝って。

見失った……。

どういうことだ？　優琉、カヲちゃんの居場所、知って、いた、のか??

人がたくさん歩いていて、いろんな声が溢れていて。頭の中が音と思考でごちゃまぜ。

待て、冷静になれ。考えろ、考えるんだ！

3

シンガーソングライターの母さんのアルバム。初回限定盤CDにだけ存在する隠しトラックに、うちの家族四人の演奏が録音されていたりする。

十トラック目、四分の空白後、俺のチェロと弟のピアノが入っているCD。俺の十四歳の誕生日に発売された、音。

何、このドラム。

ツーバス――ダブルのバスドラムの音がどかどかとうるさく、堪らない。かっこよすぎ。

知らないパンクバンドの曲、ヘッドホンをつけ、大音量にして聴いていた。

ボーカルは決してうまくはない。でも、叫びすぎて潰れたっぽい声はいい感じだ。ギター、少し手元が不安定だけれど、安定しすぎてはつまらない音になるのだろう。ベースは、笑えるくらいギターの邪魔しまくっているところが気に入った。

そっか。優琉、だからこんなの聴いているのか。だからシンセであんな弾き方していたのか。そういうコトか……。

不意に、ヘッドホンが外れた。

「何をやっているんだ？　人の部屋で、人のCD聴いて」

後方から優琉の声。

ヘッドホン持った手が伸びてきて、俺の前にあったデッキの停止ボタンを押した。

「ルームメートさんが使っていいって言ってくれてさ。勝手してた」

「なんでそう、オマエは人に甘やかされるかね」

背後でもらされた、ため息。

いつの間にか、部屋は暗闇に満ちていた。そこに、開いたままのドアから光が射して。こっちに伸びる影、背負ったベースケースの頭が飛び出ているため、それが優琉だって否応なくわかる。

優琉は、床に座る俺の、斜め後ろにしゃがんだ。言葉数は少なく、これといった態度もとっていないけれど、様子を窺(うかが)っているのが伝わってきた。

「居るならせめて電気つけておいてくれ。驚いただろ」

そう言った優琉の影が動いた。ドアの方に戻って行く。そして、壁にある照明のスイッチに手を伸ばし、停止。

「何？　オレに用があったんだよな」

「正解」

俺はこの部屋に何時間居た？　来た時はまだ照明機器なんて必要なかった。ＣＤ聴きながら待っていた時間はかなり長かったらしい。

優琉の影、壁にひっついた。

沈黙、沈黙、沈黙。

――何を考えているのだろう？　まあ、いい。

「お前……、カヲちゃんと会っていただろ」

想像できてしまった、こいつの想いを。

「俺が探しているのを見て鼻で笑っていたわけ？」

カヲちゃんが俺を避けているのなら、カヲちゃんを知る優琉が情報をよこすはずがない。優琉はカヲちゃんが大切だから。――そんなコトにすら気づけなかったとは。

本当にイヤなのかよ、俺が。逃げたいのかよ、ピアノから。

「オレが今、『知らなかった』『偶然だ』と言ったところで、オマエは信じてくれるのか？」

背後から、感情の乏しい声が返ってきた。

「そうだねえ。信用できないかもねえ」

あえてまったりと答えた。

影に向かって微笑む俺の顔、ヘンなものだろう。

「ならオレにどうしろと？　冷静になったら話す。出直してくれ」

「なんだそれ？　利口ぶりやがって」

こんなの聴いている奴が「冷静に」だって？

「冷静になりたくてもムリ。だからココに居るんだろ」

今すぐはっきりしたくて待っていた。こういう思いを抱え込むのはもうイヤなんだ。

「わかっているんだ、なんとなく。カヲちゃんは、本当はもっとピアノを弾きたくて。優琉は、あんな音出せるカヲちゃんにも技術持ってる俺にも、複雑な感情を抱いていて。でも、二人とも、俺と演奏したいんだろ」

なのに、なんなんだよ、二人して！

優琉、大きなため息を吐いた。

「言っている意味わかんねえんだけど」

……わからないんだ？

「カヲちゃんは俺との演奏にハマっていた。お前も俺に執着しているだろ？　こんなの聴いているんだ、持っているCDからして隠しようない」

ここにあるCDケース。開けたら、母さんのアルバムが入っていた。あの、家族演奏が入った初回限定盤が。——だから、余計、混乱した。CDを漁って聴くどころでなくなった。

「わかっているんだ。電機屋に来たのは、俺とカヲちゃんを会わせたくなくて。今日あの場で別れたのは、カヲちゃんを発見したから、または待ち合わせていたから。でも、俺だって〝カヲちゃんが〟欲しいんだ！」

そういうことだろ？　邪魔するなよ。

「……それのどこが〝わかっている〟んだ？」

優琉の声、下がった。怒っているっぽい。けれど、こっちだって怒っている。

俺は、ぐるりと体の向きを変えた。優琉の表情は、背後から射す光で不明。

「〝全部〟わかるはずないだろ？　お前の思考、俺の中にあったら気持ち悪くて吐いているっつうの」

「はっ、そうかよ。だったら『わかる』なんて口にするな」

「違う！　ある程度〝わかった〟から混乱しているんだ」

——くそ、自分でも何を言っているのかわからなくなってきた。だとしても、感情は優琉へ向かって牙を剝いていて、抑えられない。

「わかった……。お互い話ができそうもないのは〝わかった〟」

こめかみを押さえた優琉が、呻くような低音を喉から発した。

「だな。できない」

その点においては、まったくもって同感だ。

「食堂来いや」

「いいけど。あ、手加減できそうもないから」

完膚無きまでに叩きのめしてしまう可能性あるぞ。

「へえ、オマエが本気だしたらオレが潰れると思っているのか」

「そうだよ。違うんだ？　それは楽しみだっ」

「………てめえ。――先行く」

優琉は荷を置くことなく、ずかずかと部屋を出ていった。


なんでだ？

なんでついてくるんだ？　なんでついてこられるんだ？　どこまでも、どこまでも、どこまでも！

優琉のベース、弾き方、技術、好きだ。ムカつくほどに！

お互い苛立ちまくりの、相手につっかかっていく弾き方でセッションしている俺たち。

まだ夕食前だから、食堂でおもいっきり音を出して、声のないケンカ、できる。

音に驚いたのか食堂にやってきた寮生には「何やっているんだ？」って顔をされているけれど（食堂のおばちゃんも同様）、怒鳴り合いよりこっちの方が手っ取り早いんだ。殴り合いはその後の演奏に支障をきたすから論外。

人目はあっても、ケンカだってわからないらしい。口出しや制止がかからないのが助かる。感情ぶつけ合う機会を防がれていたら、たぶんもっと酷い状況になっていた。が、ムカつくことに変わりない。

優琉の音を殺そうとしてざっくり裂いても、けろっとした顔で復活しやがる。で、こっちに矛先向けて腹に響く攻撃をかましてくれる。

チェロだってねえ、癒しの音って言われがちではあるものの、高い音出せるんスよ。音域広いんスよ！

攻撃の隙をついて、高音で高速で全力で突っ走る。なのについてきやがるんだ、コレが。しかも、横に来て「オレの音聴け」って言ってくる！

聴いているよ。いい音だと思うよ、こんなことしているがな！

俺は、弦二とポータブル音響増幅器を持って食堂に来た。優琉は、エレキベースと音響効果機器持参。コンボ型ギターアンプが食堂にあった（前の寮生が置いていったものらしい）からこその選択かもしれない。――いや、こいつは帰ってきたままの格好で部屋を出たのだった（何も考えていなかったのか）。おかげでやかましいことになった。

俺の身体めがけて放たれる低音。ソレを避け、こっちも負けじと指で低音を放つ。まっすぐ優琉の元へ向かっていき――高速の重低音を返された。

なんつ～速度出せるんだよ、くそ。

弾けるとわかっていた。けれど、ここまでとは。どんだけ抑えていたんだ、お前。

——かあっ、悔しい！　って、二人の音炸裂しすぎだろ。

なんだかおかしくなって、にやつきが口元からこぼれた。

こんな音を出すのだ。コイツがカヲちゃんを知っていたのだとすれば、前から求めていたと容易に想像できる。その人に俺が目を付けた。俺の音や家族を知っているのだから心中穏やかでなかったはず。

でも、音がそうじゃないって言う。

正面から立ち向かわないと気がすまないタイプだと、低音で叫んで主張しやがる。

わかった。前言撤回だ。この〝音〟を信じてやる！

お前ももう俺を許しただろ？　目、笑っているぞ。バレまくりだっての！

「優琉っ」

チェロの弦、はじきながら呼んだ。

「何？」って顔をこっちに向けはしても重低音を軽快に発してくれるから、俺の身体に音、満ちていく。

「一緒になろうな！」

「はい？」

優琉は今、一人だ。いろんなロックバンドのサポートやっているものの、固定ではない。それは、満足できるバンドと出会えていなかったからで。

だったら組もう？　俺チェロだけれど——基本一人でやってきたため〝仲間〟がよくわからないけれど、お前とならおもしろいモノができるだろう。満足できるし、させてやれるはず。

「バンド組んで、カヲちゃん口説き落とそう。そうしたらすっごいの生まれるって！」

「あ〜。順序逆だな」

優琉は速度を緩め、足元にあるエフェクターをいじりだした。俺のチェロを負かす音色選んでいやがる。

「そう？」

見張りつつ、平然を装った口調で訊ねてみた。——だあ！　この間、心臓に悪っ！

「一人でオマエ制御しきれる自信ない。カヲリ落としてから声かけろ」

「そんなコトないって。今できているし」

お前がこれからどんな音を出すのかと、わくわくしているんだ。

「あのですねえ」

そう言って、加工されまくりのベース音をゆったりと入れてきた。うわあ、そう来るか。

「てめえはめちゃくちゃなヤツだから全力で持久走できても、こっちがそのペースに合わせるなら短距離走が限界なんだ。人の体、少しはいたわってください」

「ああ〜？　……面倒」

なんて口にしながらも、俺は破顔した。一緒にやってくれるのなら今はソレでいい。場に集まりつつある寮生。壁掛け時計の分針は、夕飯十分前。

よし。では最後のツメ、行きますか！

ベースの間を縫ってチェロを飛び出させ、速度を変えた。

「ちょ――っ！　まだやるんかい」

「フィナーレだよ、フィナーレ！　盛大に行こうっ」

「ちっ」

舌打ちしながらも素早く音を切り替え、しっかりついてくる優琉。そう、それ！

疾走する俺らの音。すごい力を発揮して、弾いているこっちの心、がしっと摑まれる。

――かあ！　優琉最高っ!!

だから、もう少しだけ。

このまま突っ走って、そこの奴らの身体（からだ）の中駆（か）け抜けて、黙らせて。そうすれば俺ら、乗っ取れる！

＊

うまい。

今日の夕飯は好物カツカレー。がつがつ食べながら幸せを嚙み締める。あの演奏後だからか、いつも以上にうまく感じる。不思議。

そんな俺の前に座っている優琉はというと、なんとも難しい顔で食事をしていた。さっぱり系が好き、なのか？

「……部屋で、何を見た？」

ぼそっと訊ねられた。――あ、そっちか。

「別にぃ。お前が目にしたことしか、やってないぞお」

「モノを漁った――んだよな」

「うん。さっき言ったよな、ナガハマユキのＣＤは見つけたって」

「言ってねえよ」

優琉、俺の言葉で顔をしかめた。

ナガハマユキ。童顔な三十七歳。女性。海外でも活躍中の日本人アーティスト。

「そう？　ＣＤ漁ろうとしてケース開けた時、目に入っただけだって」

などと言葉を付け加えても、顔を一向にゆるめない。それどころか眉間の皺が深くなっていく。

やっぱり……

「知っていたんだ？」

ナガハマユキが、うちの親だと。

「噂くらいは耳に入っていたよ」

観念したようにため息を吐かれた。

「この近くに有名人が居て、その子供が同い年で、そいつがどんな名前だとか……小さい頃、な」

こいつは、俺のことをどう思っていたのだろう？　いや、それよりも、

「カヲちゃんと一緒に居たのは？」

重要点はココだ。

「久々に会った幼馴染に声をかけた――それだけ。オマエが言っていたのがアイツだなんて、気づいていなかった」

〝幼馴染〟、ねえ？　嘘ではないのだろう。が、ちょうどいい単語があったものだ。

「アイツ……。同じ学年のはずなんだ。勉強もできて、アレでも教師受けのいい優等生タイプでさ。なのに〝高一〟だなんて、学校行っていなかったとしか考えられない」

それって、カヲちゃんがピアノやめたことと関係あったりする？　――んだろうなあ。

「カヲリは小四の時に引っ越している。だから地元の連中も〝カヲリ〟だと認識できずにいたんだろう。――今日、初めてアイツが戻っていたと知ったから、他の奴らがどうかなんて把握してないけどな」

確かに、十かそこらの外見が脳内に残っていた程度では、十七（十六？）になったその人とすれ違っても「似ているなあ」で終わりそうだ。

それに、ただの元クラスメートがカヲちゃんの演奏と遭遇できても、（あれだけの人を

集められる彼女だ）人垣で顔を判別できずに終わっていただろう。たとえ聴衆の前列に居たとしても、手元に目を奪われたり、顔より音の方が印象に残ったり――ってワケで認識しづらかった、のかもしれない。俺らはお互い学生で、こっちは寮生だからってのもあって行動時間が限られているし。約七年も会っていないのに、すれ違っただけで「カヲちゃんだ」とわかる優琉が当人に遭遇する確率なんて、たぶん低かった。冬休みという期間のおかげで会えたのか――ん？

優琉もカヲちゃんも、昔からここらに住んでいた。なのにこいつは寮生。全寮制でないというのに。……イロイロあるのか。

「あ。地元ってことは、小学校は？」

「そっちは私立だろ？　オレらは普通に南小。そもそも、南側の子供が北側の子供と知り合う機会なんて、あるわけがない」

俺のこと、地元の人には筒抜けだったらしい。それでも、高校や寮で指摘されることはなかった。気づいた寮生といえば宮っち（実は前からバレていた）と、この優琉くらい。音楽好きゆえに――ってヤツかもしれない。

それにしても、父さんも有名なハズ、なのだけれど。なんで母さんのファンとばかり遭遇するのだろう。……活動ジャンルと対象年齢的なものが原因か？

「なんで、音楽ってその程度なのかな」

俺はつぶやいて、手の中のスプーンでルーとライスの境目をつついた。

優琉が怪訝な顔をしてこっちを見ている。

俺は一つ息を吐いて、「思ったんだけど」と言葉を紡ぐ。

「こっちは真剣に全力でやっている音楽も、聞き流されて終わることが多いだろ。その音のすごさとか、詰め込まれた音の重みとかに気づかない。――いや、気づかない方が純粋に音楽を楽しめているのかも、だけど。けど、なんだかなあ」

「〝興味の方向〟が人によって違うからな。ジャンルが違えば目が届かないのと似たような、意識と興味の差じゃないのか」

「……ああ、うん。だよね」

納得ではある。が、なんだかズルイ。音漬け(おとづけ)の俺にとって、それは幸せなことのように思える。

そういえば、こいつは音楽以外にも気を向けられるヒトだった。

「優琉は、服とか靴とかに金つぎ込んでいるよな」

いつもオシャレさんやっている。金を上手に使えているようだ。あれだけベースを弾けるのに、他にもいろんなモノ持っているのって、ズルイ。

ルーをぐしゃぐしゃと混ぜ、口に含んだ。さっきよりうまくない。

皿の中身を仇(かたき)のようにスプーンで刺して咀嚼(そしゃく)する。そんな俺に、優琉は言う。

「話題をコロコロ変えるヤツだな。――オレのは古着。高い服は着ていない。それに、オマエにも読書という趣味があるだろうに」

〝本〟？　言われてみれば、そうかも。

演奏できないと手持ち無沙汰になるため本を読んだりする。昔っからやっていたんで〝本好き〟という自覚などなかった。

「でも、本命は〝音楽〟だ」

本は移動時間とか休み時間とかに読む程度。

「だよな」

まいったって顔で笑われた。誰に向けたものかはわからない。俺の目には、対面しているこっちと優琉自身の双方に向けた笑みに見えた。

ともあれ……。

「いつの間にか、お前にいろいろ知られていたんだなあ。……気持ち悪っ」

こいつ、いつから俺に興味があったんだ？

思わず疑心に満ちた目になった。

「オマエなあ」

はあっと苛立った息。

「食事・睡眠・演奏・音楽鑑賞・読書――のいずれかの生活していることくらい、見ればわかる。同じ寮生なんだから、ある程度の情報は否応なく入ってくる、ってもんだろ」

「少し違う。勉強と会話もしている」

「それ言い出したらキリがないぞ」

風呂と排泄行為も重要なコトなのに、入れ忘れた。確かに、キリがない。

「オマエもオレのことをある程度知っていただろ。同じようなものじゃないのか？」

「最近仲いいのな……」

左横から声。

顔を上げるとワダさんが立っていた。

件の人は、楽しげな顔でトレーをテーブルに置いた。すると、

「目覚めた？　男同士でも応援するぞ」

と言ってきた。

「「……はあ？」」

俺と優琉の喉から出たのは、温度のない声。

「わ！　想像を上回る視線がっ！　イタ、ぐさぐさ刺さる」

などと口にしながら顔を腕でガードするワダさんは、躊躇うことなく俺の横の席についた。言葉と行動が合ってない。――というか。

「なんスか？」

感情乗ってない声で訊ねてみた。

誰にも使われていないテーブルが傍にあるのに、ココに座ったのだ。俺らをいじりに来た――のなら、早く追い出さなければ。

「言っていた子の情報入ったんだけど、知りたい？」

ごめんなさい。そういうことなら歓迎デス。

食事の手を止め、背を伸ばし、件の人物を見据えた。

「お教えくださいっ」

気合い入った俺の声。それを受けたワダさんは満足げに頷くと、右の手相を見せてきた。

「はい?」

「千円になりまあすっ」

「………金、取るんだ」

「金欠デスカラ〜」

＊

「どっち?」

俺の問いに、優琉が顎で十字路（駅から十分程歩いたところにある）の左をさして答えた。そっちへと、信号を渡りだす。

「ここから〝T字路に向かって歩いて、駅とは反対の役所の方に去っていった〟だったよな……」

優琉がカヲちゃんと遭遇し一緒に歩いたという道。それを今、確認している。

昨日、ほんの数分しかカヲちゃんと共に居なかったらしい。優琉にはサポートベースやっているあのバンドのライブがあったし、カヲちゃんには何か用があったらしく――「ただ、歩きながら少し話した」くらいだったそうだ。

で。ワダさん情報は『電機屋の店員が、昨日の午後六時過ぎ、十字路右側にあるドラッグストアから袋を持って出てくる彼女を目撃した』というものだった。

「役所の方にはマンションやら団地やらがあるだろ？　そっちに住んでいる、とかかもな」

優琉の言うとおりっぽい。だから駅の近辺で張っていてもヒットしなかったんだ、たぶん。

「わかっているだろうが、今日も現れる確率なんて低いんだからな」

「だね。……優琉も待つんだろ」

「そりゃまあ、気になるからな」

俺の今日の予定は、午後五時からのバイトのみ。時刻は午前十時半。まだまだ余裕だ。

優琉の予定は知らない。でも、用があればここに居ないだろう。

すっと首筋を通過した風に身を縮めた。陽射しはあたたかいものの、北風のおかげで寒さがこたえる。

俺は手をジャケットのポケットに突っ込んで、中にあるカイロに触れた。手袋をしていても伝わる熱。指、だいぶ冷えていたようだ。

着いたT字路には、駅前通りみたいに座る場所はない。とりあえずここは、信号渡った先——真ん前にあるファーストフード店の窓側の席をキープして待つべきか。

そっちへと足を進めると、優琉は何も言わずについてきた。こいつもしっかり件の店を見ている。同じことを考えていたっぽい。

店に入り、空席を確認。

時間のおかげか、席は選び放題だった。これなら席取りは後にしてレジへ行ってもいいだろう。

「なんか。お前はいいよなあ、ベースで」

「……チェロ愛しているヤツが何ほざいているんだか」

「そう、愛しまくっている。でも、俺みたいなカサバル楽器背負っていると、長時間店に居るの、勇気いるんでねえ」

「オマエがそんな〝いい人〟だったとは」

「イヤだなあ。根は〝いい人〟なんだって」

と言いつつ空きまくっているレジへと進む。

「いらっしゃいま——」

お約束の声がした、と思ったら途中で止まり、替わりに電子音が耳に入ってきた。レジの音だ。が、PCのキーボード並みの速度で叩かれている。何事だ？　——あれ、優琉？

横に居たはずの人物がない。

振り向くと、後方で止まっている優琉の姿。前方を見たままの状態で、顔を硬くさせて

――っ!?

カウンター。ヘンな音放つ店員、顔、見た。

レジ前に、カヲちゃんが立っていた。店員の服を身につけ、手を忙(せわ)しなく動かし、ひどく取り乱した様子で。

「み、深雪(みゆき)さん? このレジの注文数は……」

カヲちゃんは、横の女性店員に声をかけられたとたん、ばっと体を動かし、間髪(かんはつ)を容(い)れずに同僚(?)の元へ両手を伸ばした。そして、そこにある手を強く摑み――。

「すみませんっ! 早退しますっ」

……へ?

店員同様、こっちも目が点になった。瞬間、逃げた。

奥のキッチンへと素早い動きで。

3章　離れる音

1

逃げられたと認識した瞬間、優琉（すぐる）にチェロを半ば投げるよう押し付け、カウンターを飛び越えていた。

キッチンを通って奥のドアを開ける。カヲちゃんが一瞬だけ見えた、廊下の突き当たりにあるドアを開けて左に曲がった姿が。

店員の承諾なんて省（はぶ）いて、俺は廊下を猛スピードで進んだ。背後から、従業員の制止声っぽいモノが聞こえた。でも、ごめんなさい。そんなのにかまっていられない。

進む、ぐんぐんと。

視線の端に掠めたのは、部屋に居た従業員の驚愕（きょうがく）顔。それらも無視。とにかく進み、手が、カヲちゃんが消えたドアのノブに触れた。

体当たりしそうな勢いで開ける。と、目の前はコンクリートの壁――（ドアは従業員出口だったらしい）。

隣のビルとの間にできた路地は、人がモノを持って通れるギリギリの幅。路地の右は突き当たりの様子。なので、左に曲がった。

すると、直線を少し進んだ先にカヲちゃんの背が見えた。

俺は速度を上げ、手を伸ばし——

捕まえたっ!!

肩を摑み、すぐさま体をこっちに向かせて壁に押し付ける。逃げられないよう、自分の両手両脚を使ってカヲちゃんの体を拘束。すごい体勢になったな、と脳の裏あたりで思いながらも、俺は必死だった。

「なんで逃げんだよっ」

「——っ!!」

鋭い視線を向けられた。

「睨んだってわからないよ、言ってくれないとっ」

それでもカヲちゃんは俺を睨んだまま。

あっそう。こんな体勢でも話さないんスか、あんたは。

かっとなって口を開く。が、これ以上の言葉が出てこない、想うことはあるのに。喉に詰まっているようだ。——だあっ、もう!

「カヲリ」

優琉が、表通り側からやってきた。路地を、背負ったチェロとベースで塞ぐみたいにして立つ。

カヲちゃんの上に落ちた俺と優琉の影。彼女の瞳の色を、深く濁らせた。

「オレからも訊きたいことがある。わるいけど、話してほしい」

優琉の声はいつもと変わりなく単調。でも、放たれた直後、カヲちゃんの瞳が揺れた。

「――変わるの!?　話せば？　どうしようもないことなのに？」

悔しそうに、くるしそうにわめくアルト。

……わからないよ。

俺らは何もわかっていない。学校へ行けなかった、っていう推測しかできていないんだ。わかってほしいのなら、なら――きちんと言えよ！

感情を喉の奥に押し込んで。言葉をゆっくりと紡いだ。

「カヲちゃんさ。俺はあんたがピアノをやめたワケも、こうも避けられるワケもわからんよ。だけど――」

さっきまでの熱はどこへ行ったのか。心の火照りが引き、今度は冷風に晒されたかのように渇きだした。

「別の道を進むために〝オトナ〟になったんでない？」

音楽やめたってことは、そういうことだろ。

「ならさ、なんで〝今〟と――　〝俺ら〟と向き合わないで逃げるんだよ？　なんで、人前で後ろ髪伸ばして演奏しているんだよ？」

あんた、全然納得できてないだろ。ピアノ捨てきれてないだろ。

人に助けを求めたって、そうやって口を閉ざすなら、俺らは何もできない。第一、俺は〝俺〟のことしか——音楽のことしか考えられない。そんな〝俺〟がするコトといえば、俺が望む道へと引き摺り戻すコト。

「何、中途半端なことをしているんだよ？　そんなんじゃ、おもいっきり髪引っ張って、こっち向かせたくなって当然だろ」

俺、一度掴んだモノは離したくないんだ。二度と。

「——だってっ」

カヲちゃんの顔、ぐしゃりとゆがんだ。そして、大粒の涙溢れだした。

「弾き、たい、の。弾きたいんだ、本当はっ」

「うん」

冷えていく。心と体。

乾いていく。心と音。

「だから、会いたく、なかった」

顔を下げて放たれた声、ひどく震えていた。

俺は拘束を解き、カヲちゃんを見つめた。彼女は、顔を両手で覆いながらも口を必死に動かして——。

「あんた、卑怯な音出す、から。わたし、戻りたく、なる、から。ムリ、なのにっ」

「うん。ごめんなさい」

申し訳ない、と思う、それだけの俺。

違う。そんなことすら思えていない。

この声いいな、と思ってしまう。全然反省していない。ごめんなさい。

「なのに、あんな音、聴かすしっ」

「音？」

「弾いていた、でしょ!?　楽器、店、でっ！　ひどい！　我慢、できなく、なったっ」

三胡ちゃんの演奏、聴いていたのか……。

優琉のため息、かすかに聞こえた、気がした。

俺は、カヲちゃんの頭をぽんぽんと叩きながら、そっちへと目をやった。

いつもみたいな顔、していた。眉間に皺を寄せ。

＊

「うち、経営、うまくいかなくなったんだ」

店から少し歩いたところにある神社。その境内（けいだい）の階段、三人段違いに（下段からカヲちゃん、俺、優琉の順で）座ると、ダウン、パンツ、ブーツのカジュアルな私服に着替えたカヲちゃんが、淡々とした口調で言葉を紡ぎだした。重い話を、軽い世間話でもするように。

カヲちゃんと優琉はご近所さんで、小学校に上がる前からの幼馴染。カヲちゃんの家は、駅の南側で小さな会社を経営していた、らしい。で、優琉の家は、南側にある商店街内の八百屋。

「——ピアノ売ることになって、売った後、倒産。だったら、売るよりも前に、もっと早くに何か、手を打っていればよかったのに。そうすれば……ピアノは残ったかも、なのにっ！」

どうしようもないことだって、無茶苦茶なことを口にしているって、カヲちゃんもわかっているはず。それでも家のことよりピアノ優先らしい。——だろうね。あんな音を出すんだ。〝好き〟というレベルではなく、〝体の一部〟だったのだろう。

石の階段はひんやりと冷たく、触れた箇所から体温、奪われていく。こっちから見えるカヲちゃんの背が小さく震えているのは、たぶん……寒いから。

「行かせてもらっているの、高校は、きちんと。親戚の家、わたしだけお世話になっているから。……でね。伯父さん、ピアノは場所とるし、うるさいからダメだって。琴とか三味線とかならいいって」

「なんだ？　ピアノってうるさいか？」

「そんなモンだろ」

優琉の問いに、不本意な言葉を放った。一般的な音楽の理解度は、この間食堂で話したじゃないか。

　ＢＧＭ化しがちな音楽を〝伯父さん〟とやらは〝理解できる人〟ではない。だから当然、カヲちゃんの適正とか独自の音とかがわからない。

　ムカつくなあ。

　俺は環境という点においては恵まれている。楽器は家にたくさんあったし、父親に頼めば欲しい楽器は入手できる。昔は、〝あの二人の子〟なので「ある程度の音出せて当然」と思われるのが不満だった（楽器が弾けるのは俺が頑張ったからなのか、血筋のおかげなのか、わからないから言い返せなかった）けれど、環境の障害なんてその程度。

　なのに、いろんなことに恵まれているのに、昔っから胸の中にある灰色の翳（かげ）感じて、くるしくなって。一般的な生活を送れている人、うらやましいと思ってしまう。それに――いや、〝だから〟なのかな。弾けるのに弾かないで音楽から逃げる人、イラってきてしまう。カヲちゃんの所為（せい）でないのに。

「結婚する。高校出たら」

　独り言（ひと）のように声を発したカヲちゃんは、背を丸め、足元を見ていた。

　……〝結婚〟？

「本気？　それとも聞き間違えた？　今、〝結婚〟って言った??」

　なんで急にそんな話になるんだ？　そもそも音楽に恋焦（こ）がれている人でしょ、あんた。

　なのに何、言っているんだ？

「本気とか、そういうの関係ない」

返し、意味不明だ。

「お世話になっている家の子になる。お兄さん、昔から気に入ってくれていて。おかげで〝高校くらいは〟って、今の――高一のわたしが居るの。だから」

やっぱり。学校をまともに通えていなかったのか。

で？〝お兄さん〟に惚れているんだ？そうは聞こえないけれど。高校行かせてくれたから――〝恩返しで結婚〟じゃないよねえ？

「なので、わたし――」

「カヲちゃんっ」

そんな道進んでほしくない。ふざけんなよ。あんたピアノ弾けるんだよ？弾かないと〝失礼〟だ。

振り向いたカヲちゃん。話を遮った俺を見据え、続く言葉を待っている。

そっか、〝待って〟いるんだ？好環境を――音楽に恵まれた環境を持つ、俺の言葉を。言って、いいんだ？――って、俺のことなんてよくわかってないか。

ボロいスピーカーが発する濁った重低音。それが体内で蠢き、腹部を圧迫しているような不快感、深く息を吐いて抑え付けた。

「うちにおいで。俺は今、寮に入っているから、この近くにある家に住んでいないんだ」

こっちに居た頃住んでいた家。山之邊の持ち家、一戸建て。そこは今でも父さんが所有している。なのに寮で生活しているのは、だだっ広い家に住むのがイヤだったから。

「今、住んでいるのは、昔うちの掃除や俺の面倒を看てくれていた老夫婦だけでさ。いくつか部屋、余っているんだ。それに、年寄りだけでは不安な部分もあるんで、来てくれると助かる。学費は奨学金でなんとかなるんじゃないかな？　そこは相談しよう。——で。うちの家賃が気になるなら、じいちゃんたちの手伝いしてよ。庭掃除が大変だろうからさ」

俺があの二人と住んだ場合、昔みたいに「ぼっちゃん」って呼ばれるから勘弁してほしくて……。でも、カヲちゃんならちょうどいいんじゃない？　家族に話していないけれど、あの人たちなら「ああ、そうなんだ。掃除してくれるのなら大歓迎」で終わると思う。ダメっぽかったらじいちゃん、ばあちゃんの孫（まご）ってことにして押し切ればいいだろう。

「うちには楽器いろいろあって、防音対策もできている。夜でもピアノ弾き放題なんだからいい話だろ？　弾ける人が住んでくれると、あの子らも使ってもらえて喜ぶはず」

今よりずっといい環境が俺の元にある。抱えていた苦労がアホ臭く思えるほどの。

「それって……、借りを作りすぎじゃ」

カヲちゃんの声が、震えていた。

断腸（だんちょう）の想いで捨てたものを目の前にちらつかせ、これでもかってくらいに誘惑。カヲちゃんの人生背負ったり責任とったり——なんて、する気ないのに。けれど、その音に惚れた人物の、こんな俺の言葉を、〝あんた〟が待ったんだ。誘惑されて、当然だろ。

こっちに向けられるのは、不安と動揺と期待が入りまじった、他人任せの顔。

いいのか？　これ以降の言葉を放っても。

二段上に座っている優琉へ、視線を送った。前屈み(まえかが)で広げた両脚の上に肘(ひじ)を乗せ、間に腕を下ろしていた。その手が触れる石段を睨むよう凝視し、触れた箇所から石化したみたいに停止して……。

口にできる〝言葉〟がない、優琉には。でも、俺にはある。

重い翳(かげ)が胸中(きょうちゅう)に溜まっていく。酷い圧迫を覚え、俺は静かにそれを吐き出した。

風、強いのが吹いた。境内(けいだい)の樹が揺れ、鳴く。嫌味な風だ。

俺は、どうすればいい？　この人が欲しい。だからって、こんなやり方でいいのか？

口にしてもしなくても後悔はするだろう。でも、片方には今より明るい未来が広がっている、と思う。優琉だけ、ひどくくるしみそうだけど。

再び優琉を横目で見た——ら、こっちを見ていた。渋面(じゅうめん)で、口角(こうかく)だけ少し上げて。

バカだ、こいつ。なんでそんな顔できるんだ？　本当に、続き、〝俺〟が口にしていいのかよ？　〝俺〟が救って、いいんだ？

優琉は、俺から視線を逸(そ)らした。

ああ、これは……。想い、本物だ。はあっ。——まったく！

目、開けていられない。固く閉じて、そのまま天を仰いだ。

「〝出世払い〟ってのは？」

止めていた言葉、音にして。

「金が気になるならソレで」

苦い何か、口内に広がっていく。

バカだ、俺も。——こんなに欲しいだなんて。

「音楽で金返してくれればいい。あ、他の金は受け付けないよ」

カヲちゃんは何も言わなかった。でも息を呑んだのはわかった。

もう一押し。

「それとも、その人のことスキなわけ？」

体が冷える。なのに、心は異様に熱い。なんだろう？　コレは。

俺は瞼をゆっくり動かし、彼女に微笑んだ。

「どうする？」

妙にやさしげな声が口から出る。

「スキでもない人と結婚して、スキでもない人と子作りしちゃいマスカ」

音と言葉がおもしろいくらいにちぐはぐ。

俺は、表情をころころと変えるカヲちゃんにただただ微笑みを向け、返事を待った。

何秒待っただろうか。一分前後だろうか。待った後に発せられたアルトは、

「そんな言い方、……卑怯」

皮肉と自虐が入りまじったものだった。

頬に触れる風。体温だけでなく水分までも奪っていくのがわかる。——こんなところ、

いつまでも居たくない。

「――だね」

言葉に頷（うなず）き、再び口を開いた。

「俺は、こういう人間なんだ」

いい人ではない。〝いい人〟というのは後ろに居る奴だよ。

顔をゆがめて笑う俺に、観念したって感じの笑み、カヲちゃんがくれた。

イヤだな。まぶしすぎ。心臓、痛くなる。

「あ～」

後ろから声――。カヲちゃんの笑みから逃げるよう、目をそっちへ向ける。

「オレ居ない方がいいよな」

「え、なんで？　そこ居ろって」

そんな顔するなよ。居づらいのはこっちも同じだって。それに、

「話はこれからなんだけど？」

「〝話〟……??」

戸惑いを含んだアルトの声。

優琉に「逃げるな」って目で言い、立ち上がった。

「カヲちゃんさ。今のバイト辞めよう、な？　金の稼ぎ方、勘違いしているって」

「？」

　この人、自分の才能わかってないっぽい。ソレはものすごく傲慢で卑怯。でも、惹かれてしまった。

　彼女の前に出て、手を差し出し……。こんなことをしている自分が滑稽。思わず心からの笑みもらし、俺にとっての最大級の口説き文句、口にした。

「おいで。稼ぎ方、教えてあげる」

　でも、カヲちゃん。俺は、魔の手から救い出してくれる〝王子様〟ではないよ。

2

　空間を彩る鮮やかな旋律。

　華やかで激しくせつない音が、その指から出され、紡がれる。

　くるしい。気道が圧迫され、呼吸、今までどうやっていたのかわからなくなる。

　悔しい。こんなにも――泣きたくなるほど求めるなんて。

　カヲちゃんは今、レストランフロアの中央に置かれたグランドピアノを弾いている。フロアスタッフ用の白いブラウスと黒のストレートパンツ姿で。

　フレンチを提供するワンランク上のファミリーレストラン。一階がレストランで提供している焼きたてパンの売り場で、レジ横の階段を上がった先がレストランになっている店。

俺がここ——自分のバイト先につれてきた。人手不足だからか、店長は喜んでピアノを使わせてくれた。

この店での演奏は通常、お祝い事へのプレゼントか予約客へのサービスでなされ、お客さんにはリストにある楽曲の中から好みのものを選んでもらう——というものだ（もちろん他の曲をリクエストされた場合、できる限りこたえる）。が、今日の演奏は店長にレベルを理解してもらうためのものだから、好きな曲を弾かせてもらっていた。その効果もあってすごい音、はじけていた。鍵盤に触れられなかった時間を補うよう、時折こっちまで顔がほころんでしまうほどの笑顔を浮かべ、全力で弾いて。

曲、パティ・オースティンの『Say you love me』になった。しっとりした楽曲に音を増やし、やたら格好いいものにしている。

おもしろい演奏するなあ。おかげでくるしくて堪らん。

お客さんは彼女に釘付けになっている。

うん。もっと魅て、鼓膜侵され、洗脳されればいい。この音を耳にして普通に会話できる人はどこか——鼓膜あたりが腐っているに違いない。

「すごい子をつれてきてくれたなあ」

俺の横で聴いていた店長が感嘆の声を発した。

「うちでいいのか？」

「とりあえずは。ヨロシクっス」

居座らせはしないけどね。

「こちらこそ。——いやあ、うちもすごい店になったものだ」

でしょ？　カヲちゃんすごいからね。

だからこそ、俺と優琉は彼女をモノにした。だからこそ、ここには長居せず、上へ向かわなければいけない。

「オマエ、こんな稼ぎ方していたのか」

従業員用ドアの前に立って一緒に——俺と店長よりやや後方で聴いていた優琉が、呆れたのか感心したのかわからない口調で言葉を放った。

「腹立つ。この音先に聴いているしよ」

「へっへっへ。もっと嫉妬しやがれっ」

昨日は俺も、先を越された気分味わった。これで帳消しだ。

あ、終わる。

ラストのアレンジ、カヲちゃんらしい崩壊っぷりで、かっこよかった。

この人ってジャズっぽい弾き方なのにどこかロックなんだよねえ。エレキとかドラムとかの激しい音にも負けることなく響くから、心にしっかり届く。

拍手と歓声がフロアに満ち、厨房スタッフが「何事？」って顔を出してきた。上品なレストランなのにお客さんを熱くさせ、自分の空間にしてしまうところがさすが。

「あ、あの……。よかったんですか？　こんな感じで」

客に会釈しながらフロアを歩きこっちにやってきたカヲちゃんは、おずおずと店長に訊いた。

よく言う。ピアノ弾けるのが嬉しすぎて三曲連続で弾いたくせに。場所も、弾いている理由も、一曲目の三小節くらいで忘れただろ。

店長は謙虚っぽい言い方をしたのがツボったのか、顔をくしゃりと崩した。いや、女子高生に弱いのか、好みの演奏をされて惚れたのか……。

「充分！　即採用っ」

カヲちゃんの手を引っ張り出して店の名刺（？）を握らせ、その手を上から両手で包み込むようにして言葉を続けた。

「こっちとしては、今日このまま入ってほしいくらいだっ」

ソレは――。

「ダメっス」

店長の手をカヲちゃんから引きはがし、再び口を開いた。

「俺五時入りだから、その時一緒に入るってのは？　夕方からセッションすれば大人なお客さん喜ぶと思うし」

「なるほど。そういう形で新ピアニストの披露……いいかもな」

――だろ？

ピアニスト不在だったのは二週間程度（店長が穴を埋めていて、俺はそのうちの数時間だけチェロを弾かせてもらっていた）。この店でのラウンジピアニストは、大学生以上が条件だ。だとしても、俺という前例があるし、やってきたのがこのレベルならヘタな返しで手離したくはないだろう、と思っていた。こっちとしても、目の前に甘い蜜があるのだから吸えるだけ吸って、吸い尽くして進みたかった。で、結果は〝利害一致（りがいいっち）〟（とはいえ、俺らは高校生だから、演奏できる時間は限られている。ピアニスト不足――という点は変わらないだろう）。

「ってコトだけれど、カヲちゃん平気？　五時からだから、帰れるのは八時過ぎだよ」

当人の都合をまったく聞かずに進めていた。

「え？　……たぶん」

「〝たぶん〟？　本当に平気？　あ、昼間はイヤでも俺に付き合って」

「そこは強制？　時間、は、なんとか」

今でもバイトをやっているのだ。時間感覚はそんなモノか。あ、今日であの店はクビになるのかな（クビにならなくてもあっちは辞めてもらうよ、もちろん）。

「んじゃ。そういうコトなんで、また来るっス。あと、カヲちゃんの給料の一部、前借り頼みまっス」

「はいよ。了解」

「ヨロシクっス！」

と言いながら歩きだす俺。――ん？　後に続くはずの気配が、ない。

振り向くと、カヲちゃんと優琉は困惑顔で突っ立っていた。

「二人とも、次行くぞ～」

呼ぶと、微妙な顔のカヲちゃんが早足でやってきた。優琉は急ぐことなく足を動かす。

その反応差、キライじゃない。

「あの……、何件行くの？　昼間ずっとこれ？」

「オレ、ライブあるから四時には別れるぞ」

「四時？　――なら平気っしょ。それまでには終わるよ」

ギリギリに終わるかもしれないがな。

「ほら、カヲちゃん早く着替えて」

小走りで着替えに行くカヲちゃん。優琉ならこうはいかなかっただろう。

二人の反応は異なる。でも、俺に向けてくる表情は同じ、不安げなものだった。

うん。キライじゃない。

＊

昼食をファーストフードで済ませて、電車に乗り、目的の駅で降りて五分程歩く。と、濁った色をしたビルの間に、横幅のある乳白色の建物が見えた。

「そこで待っていて」

カヲちゃんたちを白い建物の外で待たせ、中へ入った。そして、ドアの傍（そば）でタバコを吸っていた数人と軽く話し、外に居る二人を手招（てまね）いた。

ドアの前で足を踏み出すか躊躇（ためら）うカヲちゃん。俺は身を少し外に出すと、彼女の手を掴んだ。そのまま、半ば強引に奥へと進む。

ついてくる優琉の気配を感じながら階段を下り、人の居ない廊下を歩いた。

通過した扉の奥には複数の人が居る、はず。なのに、扉は気配をも遮断してくれる。

……この空間、俺はあまり好きじゃない。自然と、足が速まる。

手を引いている彼女のブーツが放つリズム。走り出し、時折（ときおり）跳ねながらも俺についてくる。それも限界——というところで、廊下の突き当たりに到達した。

目の前には厚い扉。

体当たりをするような勢いで開き、進んだ。カヲちゃんの息が少し上がっているけれど、気にせず足を動かす。

「あ〜、タケシ？」

後方から声。見ると優琉が、一歩部屋の中に足を入れただけで止まっていた。

「何？　さっさとブース入ろう」

「ここ、本当に使っていいのか？」

「さっきＯＫはもらった。今は下のでっかいトコを使っているから、平気だって」

先日俺がチェロを弾いたレコーディングスタジオ。瀧澤（たきざわ）シショーたちは建物まるまる借りているから、使わない部屋を数時間使う権利をもらった。

というのも、あっちがレコーディングに行き詰まったり休憩とったりする際、俺らみたいなのが傍にいれば気分転換の観賞物になるかな……と。提案したらすんなりOKをもらえたので、そういうコトになるのだろう（俺のバイト代、多少減らされるけれど）。そこらを話すとこの二人は（特にカヲちゃんが）萎縮する可能性があるため話さない方向で。

「アレはもう使い終わったから、自由にしていいってさ」

ムダに広いコントロール・ルームの窓から、ブースにあるグランドピアノを指さした。

「えっ!?」

普段弾けないからか、驚きながらも目が輝いているカヲちゃん。

「でさ」

彼女から手を離し、俺はブースへと続く扉の前に立った。そして、二人を見据え、

「今、俺らが居るのは音漏れ気にしないでいいスタジオです。俺と優琉は楽器持っていて、カヲちゃんの目の前には極上のスイーツがちらついています。っつうワケで——いたずらを思いついた時みたいな、笑みが出た。

「みんなでおもいっきり遊びませンカ？」

二人の表情は硬いまま。拒否、口にしなかった。

ブース入って、ぽろぽろと音出す。うん、三胡ちゃんの体調良好——？

カヲちゃんが右手でワンフレーズを繰り返している。テンポは速い。

なんか、それ知っている。最近どこかで聞いた。

優琉がふっと波に乗った。

あ、わかった。コレ、カヲちゃんが働いていた店のＢＧＭ。こういうロックをカヲちゃんが弾くって、かっこよすぎ。いや、ちょっと待て。

カヲちゃんが左手でドラムパートってことは、三胡ちゃんがボーカル？　この曲ギターがかっこいいけれど、ソコは？　俺が弾きたい。いや、強引にでももらえばいいか。

優琉が三胡ちゃんをちらっと見て、「ギター」と言った。

やった！

なんて旋律を崩さないよう会話していたら、歌入りが近づいてきて——すっと出てきたのが優琉だった。メインボーカルの低音部分をベースで歌わせ、一歩後ろに。すぐさまカヲちゃんが引き継いで。

で、俺の番。

——やっべ！　おもろいっ！

優琉はカヲちゃんが出し切れそうもない部分の音を出して、カヲちゃんは俺の出し切れない部分を拾っていく。

アレンジ入りまくりで、しっかり俺らの楽曲になっている。

この感覚、ヤバすぎ。ボーカル有りの四人編成楽曲を三人で、チェロ込みで、ぶっつけでやるとこからしてヤバイって！

わかった。ギターが二人になるトコロ、うまいことやってやろうじゃないか。現状では二人に誘導されているみたいで気に入らんし！

ベースメインの箇所通過。

直後、ツインギター――になる前にメインギターのパートいただきっ!!

おかげで独占ステージ状態。

カヲちゃんはしてやられたって顔を一瞬だけ見せた後、笑った。

だろ？　カヲちゃんが出るより俺の方が音的に合っているっしょ？

三胡ちゃんをかっこよく歌わせ、聴かす。周囲を包む疾走する音たちが心地よく、俺は速度を上げた。

優琉は苦笑いをしながら弾いている。うちらのやり取りにウケたのか、組みあがっていく旋律でテンション上がっているのかわからない。でも、楽しそうだ。

――かあっ！　チェロ立って弾きたい！

脚じたばたさせながらも高速で手を動かし。

変調。

二人の音少し下がり、前に出て歌って。

うん。いいねえ、こういうの。

さあ、行こう！　ここだっ！

三人の音、爆発!!

みんなと競うようにして弾いて、弾きながら俺叫んで。――わけわからん！　頭おかしくなるっ！

「ＯＫ！」

不意に、天から降ってきた声。俺ら三人の体がびくっと震えた。

コントロール・ルームのディレクター席に誰か――瀧澤シショーが居た。いつの間に？

「あ～……。今の録(と)ったんスか？」

「途中からだがな」

不満げに言ったシショーに続き、

「はい！　梅野(うめの)が責任持って録りましたっ」

若手エンジニアのうめサンが、なぜか鼻息荒く挙手してくれた。

えっと。俺ら今、何を弾いていた？　ロックばかり弾いていたのはわかる。の、だけれど……、なんの曲をどの順でやっていたのか、わからない。

――あ、喉(のど)カラカラだ。

足元のペットボトルの蓋(ふた)開けて、一口飲み、口を開く。

「う～んっと……。それって、こっちの権利侵害されてないっスか？」

カヲちゃんと優琉が硬直してしまったじゃないか。

冷やかされる程度だろうと高を括っていた。まさか、下のスタッフごとこっちに持ってきて録られるとは。

うめサンは若手ではあるものの、師匠が師匠なので腕は確かだ（師匠は別室に居るのだろう）。本格的に録りやがったな。

手の中のペットボトル、かすかな音を立てた。

好きなように泳いでいたつもりで、泳がされていた。ってことはないか。この人たち、ふらっと遊びに来た時にヘンな音を耳にし、うっかりレコーディング魂に火が点いた――って感じだ。

だとしても悔しい。頭から録られていたら、金と書類を請求していたくらい。

「大丈夫です。武史くんはうちの子だし、問題ありません」

「ホーリィ。俺、おたくと正式な契約結んでないっスよ？　第一、カヲちゃんたちは一般人だって」

「嫌ですねえ。僕らに聴かせたかったくせに」

「うん、まあそうだけどさあ」

瀧澤シショーたちが所属している芸能事務所兼音楽出版社のTHAT'Zz ENTERTAINMENT（ザッズエンタテインメント）。そこのマネージャーさん、ホーリィ（三十代男性）、はっきり言ってくれるから調子狂う。

「タケシ？」

「これって、あ、あの……」

　衝撃からだいぶ回復したらしい。優琉とカヲちゃんが、引きつった顔を俺によこす。

「うん。演奏しつつ、アピールできたらするつもりだったんだ」

　呆然とする二人には申し訳ないけれど、進めるのなら進むべきだと思うんだ。どうせ俺らはもう離れられないでしょ。音楽からもこのメンバーからも。

　商業音楽は、先のことを考えると利口とは言えない道かもしれない。でも、この道以外で満足できる？

「二人の音放さないから、覚悟しやがれ～」

　軽い口調でそう言いながらペットボトルを足元――スマホの横に戻し、ついでに画面に触れた。と、『4時6分』っていう数字、目に入った。

3

　昨日がクリスマスだったというのに、街はすっかり年越しムード。通過する店には『年末特価！』の文字がどどんっと貼り付けられていたりして、移り気すぎる店仕様に物悲しい気分になる。……俺と似たようなものか。

　地元の駅出口で優琉と別れた俺とカヲちゃんは、駅前通りを進んでいた。これといって会話をすることもなく、ひたすら進んで、進んで。

時刻は四時半過ぎ。陽は落ち、頭上はもう〝夜〟。気温もだいぶ下がってきた。白い息が目の前を漂っては消えていく。

弾きたいなあ。

今、形にもならない音が口からもれ、耳に入る前に消失している、気がする。三人で演奏していれば、すごくいい曲ができそうなのに。

シショーたちや優琉の都合で演奏を止めはしたものの、俺はまだ足りていなかった。自分だけでは作れない楽曲がこのメンバーでは生み出せるっていう自信、今日のセッションで摑んだから、余計。

優琉は……俺らと弾いた後でも、あの心許無い奏者内で平然とベースを弾いてしまうのだろうか？　そうでないと、進む道的にはやっていけないのかもしれないけど。なんだか――ああ、すんなり切り替えられてしまうようでは俺の音はまだまだってコトか。頑張ろう。

「あ、あのっ」

「ん？」

気づくと、カヲちゃんは後方で。小走りで俺を追ってきていた。

少し待ち、歩幅を合わせ、再び進む。

……で。〝あの〟の続きはないのか？

横を見る。と、真剣な顔がそこにあった。

身体の内部まで見られるような鋭い視線。思わず、胸中でたじろぐ。

「あんた……、誰？」

「……はい？　突然の記憶喪失？　山之邊武史。高二男子。だけど??

「知り合いとか、家とか、都合よすぎ。怪しい」

記憶、あったのか。――それにしても〝都合〟か。〝都合〟ね。

もれ出た薄い笑み。

「親の脛を齧っているだけ、だから」

そう、音楽家である両親の脛を齧りまくっているんだ、俺は。

でも、表に出るきっかけはどうであれ、そこから生き延びられるかはこっち次第。時代の波に乗っていい音放ちながら疾走してしまえば〝勝ち〟だと思う。〝響かせる音〟と〝作品〟で、ああだこうだ言う奴らを黙らせればいい。いや、違うな。時代を作る！　くらいの気負いでいくべきか。

「……」

カヲちゃんの口が閉ざされた。納得した、のか？

再び訪れた沈黙。

俺らの足が放つ音。通行人の声、買い物袋が発する微音、店で流れている音楽、車のエンジン音、建物の間に行き来して鳴る風。街に響く、さまざまな音。それらを耳にし、ただ歩く。

と、喧騒のもっとずっと奥の方から、何か、聞こえてきた。

これ、たぶん、まだ知らない――どこかに忘れてきていた……音だ。

弾きたい。

今この瞬間にカヲちゃんと優琉とで演奏できれば摑める気がする、俺の音を。

じわじわと押し寄せる衝動。ああ、我慢できなくなってきた。

「あのっ」

強めのアルト。

世界に入ってきた声にはっとなって、横を見――ても、カヲちゃんは居なかった。

しまった。

後ろに目をやる。

と、三メートル程後方に声の主が居た。向かい合う形となってできた人壁に、止まったり避けたりしながらこっちへ来ようとしている。そんなに急がなくても待っているって。

軽快なテンポの足音を放ち、カヲちゃんが進む。時折リズム崩れて。シンコペーション、奇妙でおもしろい。

なんて思いつつ聴いていたら音が止み、俺の右腕、ジャケットの袖がもこもこした手袋に摑まれた。

「動きすぎ」

……「早すぎ」ではないのか？　というか、何を言っているんだ？

「わからなくはないけど、もう少し控え目に。無理ならポケットの中に入れるとかで」

彼女の視線に沿って自分の視線を動かした。掴まれている腕の先——俺の手が、リズムを刻(きざ)んでいた。

自分のことながら意外で愉快。

あ、「わからなくはない」のか。——ってことは……。

「そっちも、演奏足りなかった？」

声出した瞬間、バツの悪そうな顔された。

俺の顔、にやけた。

この人って、言葉数は少ないけれど、わかりやすい。顔も、音も、実に正直だ。

「知らなかったし」

放たれた言葉は、ふてくされたような口調。

「あんなに弾けるなんて」

付け加えられた言葉は簡潔すぎ。

ええっと、これは……

「優琉のこと？」

——だよな、俺の音とはすでに出会っていたもの。

こくりと頷(うなず)かれた。

考えてみれば、わかりきったことだった。優琉だってカヲちゃんの最近の音を知らなかったのだから。

あいつは、いつからベースを始めたのだろう？　カヲちゃんは弾き始めたばかりの音しか耳にしていなかった、のか？

そのわりには、二人ともものびのびと弾いていた。幼馴染って〝強い〟なあ。

「で？」

目の前に居る、店の明かりに照らされるカヲちゃん。

そういえば、この人と二人きりになったのは、出会った時以来だ。異様に眩（まぶ）しく見え、目を細める。

「――〝俺の音〟を欲しているカヲちゃんは、〝俺をも〟望んで離したくないと」

ずっと、手を拘束されていた。ポケットに入れろと言ったくせに。

個人的には離したくない、と思う。一度離したら再会が難しくなりそう、だから。

だとしても、このまま俺の家までつれて行って、住んでもらって、俺らと演奏して――とやると、家族の元からカヲちゃんを奪い取ることになる。しかも、俺とカヲちゃんが駈（か）け落ちしたっぽい感じに、だな。うん。よくない。

「っ！」

指摘され自らの行為に気づいたらしい。彼女は素早く手を離し、それを落ち着きなく左右に動かす（行き場わからなくなった？）。

女の子だ。あんな豪快に弾くのに、しっかりと。

一目瞭然のことながらも、今更(いまさら)理解。すると脳裏を優琉という存在が掠(かす)めた。

あいつが本気になったワケ、わかったかも。

俺は視線を通りへと移動させた。

暗くなった空に負けじと、地上から光を放つ人工物。足元を照らし、影までも薄くさせる。が、どんなに薄くても影はしっかり存在している。勘違いするなよ、俺。

解放された手、カンカクがどうもおかしい。

「香織(かをり)ちゃん？」

突然、知らない音が入ってきた。

顔を右に動かす。

と、こっちにやって来る男の姿があった。

＊

「ど、どうして……」

傍からあがった小さな声。

肌で感じた、カヲちゃんの纏(まと)う空気が張り詰めたものに変化するのを。

目の前に来たのは、二十代前半の爽(さわ)やかな雰囲気を放つ、マジメでやさしそうな人。

「バイトじゃなかったっけ？」

男はカヲちゃんの姿に驚いた後「あ、買い出し中か」なんて一人で納得して、偶然の出会いに笑みを浮かべた。が、その人の目がこっちを向いた時、

「その子は？」

声と表情が硬くなった。

……この人か。世話になっている家の〝婚約者〟。

気になっていた。どこかでイヤな奴だろうと決め付けてもいた。

けれど、真剣に想っていて本当に大切にしているようだ。でなければ、鋭い視線を向けてくるはずがない。

体内に生じたのは、安堵と不安。でも、脳は妙に冴えていて。

「どうする？」

突然のことで硬直しているカヲちゃんに、俺はやんわりと言葉を放った。

「俺と行く？　婚約者サンと行く？」

今ならカヲちゃんをこの人から引き離すことができる。少し手を引っ張って、走って、人の流れに紛れ込んで、小道に入ったり信号が変わる直前に渡ったりすればまける。だけど、あんた、家族と本音で話し合っていた？

「っ！」

カヲちゃんは俺の言葉に息を呑み、双眸を忙しなく動かしだした。と思ったら、すぐさまこっちを見て、はっとなって視線を彷徨わせ――

「香織ちゃん？　どういうこと？　彼は一体……」

「え、えっと」

目で言われた。「どうしよう？」って。

きらびやかな街灯り、通りを歩く人々。それらによって他の場所よりはあたたかいものの、やっぱり寒い。この状況、早く終わらせないと。

……ごめんなさい。

俺は苦みのある笑みを浮かべ、華奢な背を、押した。衝撃で、彼女が一歩前へ——婚約者の方に進む。直後、ばっと体を翻し、大きく見開いた目をこっちに向けてくる。

「応援しているよ」

笑みを貼り付け、いつもどおりの声で言葉を紡ぐ俺。

「ＬＩＮＥ交換しそびれたけど、俺のバイト先知っているし、寮だってある。どっちかに連絡くれればいいからさ」

飼い主に捨てられた猫みたいな目。なんでそんな顔するかなあ？

こういう時、女の子にどう接すればいいかなんて、俺にはわからない。共学に通っていれば、もう少しいい言葉が出てきたのだろうか？

頭には躊躇。でも、胸には衝動。

気づくと俺は、彼女の頭に軽く手を乗せていた。細い漆黒の毛はしっとりしていて気持ちよく……ほんと、猫みたい。

「話を終えていなくてもいい。必要になったら連絡して」

熱を含んだ、名を知らない感情。下っ腹あたりから重低音のように押し寄せる。

黒髪をぐしゃっと乱した。押さえられ、カヲちゃんの顔が下を向く。

そっか……。

こんなコトをしても反応がない。知りあって間もない奴に怒鳴りつける子が、なされるままになっている。予想以上の執着を持たれたようだ。

それはとても嬉しい。けれど、同時に、ひどく胸が痛んだ。

俺は希望を与え、突き放す。これから彼女は、大量の涙を流すかもしれない。光を与えた所為だけではなく、閉ざしていた心と塞いでいた口を抉じ開け、闘わなくてはいけないから。でも、伝えないとわからない想いだってある。世に渦巻く想いはほとんどソレ。

そもそも、家族に音楽やりたいって、できる環境をもらったって話すのは、俺の役目ではない（説明役ならやるけれど）。想いをぶつけ、道を選択するのは、カヲちゃん自身と家族と……この婚約者だ。

冷気が肌を刺す冬。

こうして与えるほんの少しの温もりが、この人の心になんらかの効果をもたらしてくれると願って。

「行っておいで」

想いを、できる限り言葉にし、音を放つ。

「待っているよ、カヲちゃんを」

——優琉は俺なんかよりもっと切実に。

カヲちゃんの肩が、小さく震え……。

やがて、数秒の間ののち、頭が動いた。

揺れる双眸、こっちを見つめたまま水気を増し——瞼でぎゅっと隠された。

眼前の彼女がこらえている、その内部に渦巻く感情を。懸命に、顔をゆがめ。

俺は彼女の目元をわずかに濡らす、想いの欠片をただ見据えるだけ。

目に映る姿にどうしようもなくうずく衝動。こらえたソレを苦笑という形にゆがませ外に発し、静かに息を吐く。そして、頭を軽く叩き、手——離した。

とたん、胸にどんっと圧がきた。

「心から……、応援しているよ」

搾るように出した言葉。声は平静を繕えただろうか？

カヲちゃんは、一度深く息を吸い、ゆっくりと吐き出した。すると、また眉に憂いを募らせ、うつむいた。

この頭、上がった時が、別れの時。でないといい加減、そこに居る婚約者が何かしらの行動に出るだろう。

俺は、じっと向けられていた視線の主と、相対した。

「初めまして。山之邊って言います。〝友達〟です」

一言で表現すると〝友達〟。でも、一度手にしたものを離すわけじゃない。しっかりとつけた紐を、少し弛めてやるだけだ。

「そう。お友達……」

眼前にある瞳の奥で蠢くのは敵視。

求めるものは同じなのに、異なる感情の形。優琉と俺とこの人と。三人とも同じ人を欲しているのに。

「……っ」

傍から息を吸う音がした。そして、視界にあった黒い頭が、動いた……。

「――いってらっしゃい」

出てきたのは感情の乏しい声。返ってきたのは、

「いってきます」

感情をこらえた声。

背を押したのは俺。なのに、指に入ってしまう力。強く握り、口を閉ざし――。

ゆっくりと背を向け、男の元へと足を進める姿。目に焼き付けるよう、ただ見据え続けた。

こっちを見ないカヲちゃんを。

4章　欲する音

1

輝く星の音と、あたたかい音がする。

やっと見つけた。

ずっと求めていたソレ。

＊

終わった。

溜まっていた形のないモノを息と共に吐き出し、視線を小説から自室の壁へと移動させた。

十二月三十日。この時季の寮は閑散としたものになる。寮生のほとんどが帰省するからだ。

隣室の住人は、冬休みに入って間もないうちに荷物をまとめ、出て行った。ルームメートとワダさんは居る――けれど、ここ何日かはすれ違ってばかりで、まともに話せていない。ルームメートの行動は、わからない（わからないのはいつものことだ）。ワダさんは日々、電気街まで足を向けている、と、誰かが食堂で言っていた。優琉も寮に残っているようだけれど、ライブとかバイトとかサポートとかをしているっぽく……カヲちゃん待ちで〝二人での活動〟ってのはやっていない分、冬休みを楽しんでいるらしい。なんだかムカつく。

そんなワケで、俺の相手をしてくれる人が居ないのが現状。

今は午前十時半。バイトは午後五時から。

バイト先は奏者不足だ。この時間に俺がふらっと顔を出せば店長に喜ばれることなんて目に見えている。店長が代理でピアノを弾いているものだから余計に。

早出しようか。まあ、行ったところで小説を読む前にしていたことと変わりないな。演奏場所が異なるくらいだ。でも、金になる。自由な演奏を取るか、収入を取るか、だ。

とりあえず――うん、そうしよう。

俺は小説を置き部屋を出ると、下の階にある寮監室へ向かった。

普段は八十人弱の学生が生活している寮。今、残っている寮生は十人弱。しかも時刻が時刻だ。本当に人が居ないらしく、廊下を歩いていても声どころか気配すら感じない。

昼、どうしよう？

食堂のおばちゃんも昨日から休みに入ってしまった。ゆえに、三日の夜まで各自で食料を調達しなければならない。正直、面倒臭い。かといって家に行くのもなあ。

あらゆることに北風が貫通。じくじくと痛む胸と内臓。

胃周辺をさすりながら足を進め、寮監室の前に着いた。

「……」

閉まっていた。小窓の向かい側には『外出中』の札。

なんだよ。みんな忙しそうにして。せっかく、暇人同士仲良くしようと思ったのに（実は寮監室にある本棚を漁る気満々だったのだけれど）――いや、待て。寮監が居ない間に、カヲちゃんからの連絡がこっちの電話に入ったらどうする気だ？　きちんと留守電、設定した？　電話逃していないだろうな。

件の『外出中』を睨みつけた。が、こんなことをしても意味がない。

息を勢いよく吐き出し、俺は踵を返した。

*

外はやっぱり違う。

さまざまな音とまじわり、放っては消えていく俺の色。

これはこれで嫌いではない。むしろおもしろい。の、だけれど……。

気分転換に、駅近くの大きな公園にまで来て、演奏してみた――が、三十分が限界だった。寒い。

公園の外は結構な人が歩いていた。でも、中に人は居なく。みんなやることがたくさんあって、まったりする時間なんてないのだろう。

閑とした公園内は風がよく通る。冷えないよう格好に気をつけて出てきたものの、こうも風にさらされてしまえば、体温を奪われるのなんてあっという間。

三胡ちゃんを片付け、俺は駅ビルの中にあるコーヒー店を目指した。

こぢんまりしたコーヒー店。大正浪漫っぽい雰囲気が漂うオシャレな外観ながらも、客の大半が一杯飲み終えると間もなくして出て行く。立地条件ゆえの回転率なのだろう。おかげでいつ来ても待ち時間なく座れ、とっても便利。今は昼前だからか、空席が目立っている。

俺はレジからコーヒーを受け取ると視線をめぐらした。

カウンター席の一番奥が空いていた（隣席の男の荷物がテーブルを半分使っているけど）。チェロ所持の俺には、端の席は都合がいい。

目的の席へ向かいだすと、気配を察したらしい隣席の男が、テーブルに置いていた紙袋をさっと引いてくれた。

会釈して手荷物を置き、席につく。

「あ……れ？」

なんとはなしに目にした隣席の男の顔、知っていた。

言われた方も「おや？」って表情を浮かべ、見慣れた笑み——営業スマイル。

「武史くんですか。これはこれは……」

ホーリィ（ウォッカのマネージャー堀居サン）だった。

「何やっているんスか？」

こんな場所で会うとは意外だ。というか、ものすっごく確率の低い〝偶然〟のはず。今まで遭遇したことがなかったし。

訝しい顔をする俺に、ホーリィは飲んでいたカップを数センチ上げた。

「いやあ、髪型変えていなかったんですねえ」

「……何を言っているんスか？　じゃなくて」

「ああ。買い物をしていただけですよ」

〝買い物〟？

さっき動かしてくれた紙袋を見ると、そこの百貨店に入っているブランド名が印刷されていた。

わかったとたんホーリィへの興味が消えた。

何かおもしろいことないかな。あ、面倒なことではなく、こう……音が湧き出してきそうな出来事がないかなって。

口元にブレンドコーヒーを運んだ。いい薫りだ。口に含むと、黒い液体は舌を充分な味で満たし、すっと喉を通っていった。

やっぱりインスタントや缶なんかより、こっちの方が格段においしい。最近胃がおかしくなっていたけれど、これは止まらなくなりそうだ。

液体の通過と共に熱を戻す身体。人の身体は、好きなものだけを摂取して好きな演奏だけをやって——って、できないのが不便だ。

「え～っと」

ぼうっとカップの中の黒い液を見ていると、横から声をかけられた。

「もしかして、時間を持て余しています?」

うわあ。厄介事を押し付けられそうな気がひしひしとするのにイヤじゃない、うまい言い方。

「なんスか?」

不本意ながらも、そう言葉をこぼしていた。

ホーリィは苦みのある笑みを浮かべ、「たいしたことではありませんよ」と返してきた。

「ただ〝おつかい〟を頼みたいだけです」

「……え。俺、そんなに使い勝手いい人に見えます?」

どちらかというと動かしづらいタイプだと思っていたのだけれど。興味ないことに時間を費やすわけないだろ?

渋面で訊ねてもホーリィの表情は変わりなく、さらっと、

「交通費とお駄賃も出しますよ」

と言って、財布からお札を取り出した。

俺の前に置かれたのは五千円札。

これ、交通費いくら？　遠いと金銭面だけでなく時間までも損する、よね。

「事務所近くのリハスタに行ってほしいだけですよ。そこに居る瀧澤さんにこれを渡す〝おつかい〟です」

練習スタジオまで行って紙袋を渡すだけでこの額？　電車だと往復数百円で済むのに？

「何を企んでいるんスか？」

俺は今日、その場限りの行動をしていた。この人と遭遇したのは〝偶然〟なのだからスタジオで何かさせられ、はしない、はず、なのに……。え？

眉根（まゆね）を寄せる俺に、ホーリィはちょっと肩を竦（すく）めた。

「買ってみたものの、どうやって渡そうか悩んでいてね。僕からと知れば受け取ってもらえないだろうから、武史くんからの〝少し遅いクリスマスプレゼント〟ということにしてください」

「え……、え？」

＊

「いいところにっ！」

スタジオのドアが開いた。と思った一瞬、俺の右腕は瀧澤シショーに拘束されていた。

「――へ？　ちょっと!?」

腕をひっぱられ、ぐいぐい中へと引き摺り込まれる。

ホーリィが言っていたスタジオに入ると、ウォッカ使用の個室はすぐに判明した。メンバー九人の演奏はかすかにもれ出ていたし、外に居てもドアの一部が縦長の窓（？　ガラス？）になっていて中が見えていたからだ。だから俺は個室の外で演奏を聴いていた。演奏が途切れ次第入ろうと思って。なのにシショーが俺に気づいて――コレだ。

室内にある大きな壁鏡のど真ん中に来ると、両肩を掴まれた。そして、くるりとターンをさせられ、鏡を背に座らされた。

「あ〜。なんなの？　どういうこと？」

という俺の声は誰にも受け止めてもらえず、空間を掠めただけ。次に大気を揺らしたのは楽器。

唐突に始まった演奏。勘弁してよ。どれくらい付き合わされるんだ？

明日は大晦日。この人たちがカウントダウンのフェスに参加することはネットを見て知っていた。だからココを使っているのだろうと推測していたのに……なんなんだよ、この曲は？　新曲？

　この間までやっていたアルバム収録曲ではないし、既存曲でもない。目の前の人たちが奏でているのは、俺が耳にしたことのない曲。

　――かあっ！　相変わらずだなあ、もう！

センスの良さが際立っている。シショーのサックスの入り方も捻くれていて、悔しい。

なのに、なんだろう？　これは……。

耳にして間もなく覚えた違和感。何かが違う。しっくりこない、どこかが。

脳フル稼働。入ってくる音を整理、整理、整理。

どこが〝違う〟？　いや、待て待て。こんなの聴かせんな。キモチワルくて出て行けなくなっただろ。

ドラム、パーカッション、コントラバス、ギター、ピアノ、トランペット、サックス、トロンボーン……それぞれのパートにおかしな部分はない、のに、どこが？　どこだよ!?

演奏後の、暫しの沈黙。

メンバーの視線がこっちに集う。受け流し、頭の中を探る。

「何か違う。音が入ったバケツをひっくり返したみたいなインパクトがあるのに……」

わからない。ぼんやりと頭上を漂っているのがわかる程度。距離感がなく、摑めそうで摑めない。

頭を抱え、考えあぐねる俺。それを見ていたシショーの頭上にハダカ電球が点いた――ような気がした。

シショーを中心に騒ぎ出すメンバー。俺は彼らを眺め、口からもれた息を空間に漂わせた。

「いいヒントをありがとうっ」

俺の前に、草ノンがしゃがみ込む。

「おかげでこっちの音も練り直しだよ～」

「ふふふ」と笑いを漏らし、去る。

役割は果たせたようだ。けれど……、〝ヒント〟? 何のことだ? ここからどう変化するんだ?

などと考えている間にも、状況は変化していた。

シショーが部屋の隅に歩いていき、ぽつんと置かれていた紙袋の中に手を突っ込んだ。出てきたのは車の鍵っぽいモノ。それをドラマーに渡した。受け取ったドラマーは早足で出口へと向かい、その先に居たパーカニストと共にスタジオを出ていった。

ええっと。どれくらいで戻ってくるんだ? バイトまでには完成する、よ、なあ? 想像できない曲を放って出ていきたくはないんだけど。

空間を見る。二人の残像を追うように。

「とりあえず休憩！」

生き生きとしたシショーの声を受け、俺は空間にまた息を放った。

＊

スタジオの斜向かいのビル、二階に入っているカレー専門店で好物のカツカレーをつつく。刺激物ばかり摂取しているなあ、と思いつつ。

目の前には窓、足元にはスタジオの入り口、横にはでっかい口を開けてビーフカレーを貪っている瀧澤シショー。

昼をおごってくれると言うからついてきた。メンバーを待つにはちょうどいい場所で、好きな食べ物をいただくワケではあるけれど……大丈夫か？　胃。

「うまくいってないんだろ？」

唐突な切り出し。

なつかしい。結論や核心から言葉にする、口下手な――いや、〝なつかしい〟はヘンだ。あの日からたいして経過してないだろ。

カレーを口にし、もれそうになる感情を誤魔化す。

「愛しのピアノ弾き、あの子となんかあったんだろ？」

付き合いが長いってのは、脅威だな。自覚したばかりのことを、このタイミングで言うなよ。

ルーの中にあったスパイスの塊。がりっと嚙むと舌に小さな刺激が走った。

「別にふられたんじゃない」

何食わぬ顔で感覚のおかしい口を動かす。麻痺している、いろんなところ。こんなもの、結構前から存在していたのに……。

どうも最近ダメらしい。カヲちゃんに出会って、優琉の音を知って……あの感覚を一度味わってしまったから、どこからか欲が無限に押し寄せ、駆られるのだ、心が。けれど、

「〝いってきます〟って言ったから待っているんだ」

こうして動きたい欲求と闘っている。

イヤになるよ、現状が。足元の道を歩いている人が彼女でないかと見てしまう。これでは数日前と同じじゃないか。ほんの少し進めたと思ったのに、進んでいると思いたいのに。

ライスをぐさぐさつついて掬い、口の中へ放り込む。

いろんなコトにうんざりして、息しているのも面倒になって、やたらイライラしてしまう。未熟者へ与えられた試練だと捉え、我慢——だなんて考えたくもない。

「へえ～」

シショーから生あたたかい視線を感じた。

「ガキってのは、ちょっと目を離すとコレだからなあ」

上から目線。イヤな見方。

「シショーのくせに、そんなにオトナっぽいこと言うんだ」

シショーはカレーを食べていた手を止め、水をぐいっと流し込むと、片笑み(かたえみ)を浮かべた。

「一応〝オトナ〟なんだがな」

年齢と書類上ではね。

「そっか。シショーが〝オトナ〟ってコトは、世の中の〝オトナ〟レベルは実はかなり低いってコトか。顔を出しただけの高校生を強引に巻き込むのが〝オトナ〟なのだから」

シショーの顔がぴくりと動いた。そして、蓄積されて高まったような濃度の息を、深く吐き出した。

「タケが思っているより〝オトナ〟はオトナじゃねえんだよ」

知っているって。〝オトナ〟も〝オヤ〟も、〝ニンゲン〟の〝タチバ〟や〝ヤクショク〟に過ぎない。それでも――感情は思いどおりになるものではなく。

「俺、〝コドモ〟だからそんなん知ら～ん」

手で耳を塞ぎ、顔を左右に振った。視線の端に、顔をゆがめて笑うシショーの姿が入った。

窓の外を見ながら栄養を摂取し、ケンカみたいな会話をし、生きている。どれほど嫌気がさしていても。

「あ……」

通りをゆく人の中に、ウォッカのベースとギターとトロンボーンの三人が居た。シショーも気づき、俺らの視線がそこに集う。

三人は何かを話しながら歩き、ふと止まった。と思えば、仲間の脚を軽く蹴飛ばし——楽しげに歩いていた。彼らの手元には大きめのコンビニ袋。

あっちはあっち、こっちはこっちのランチタイム——みんなそれぞれの時を過ごしていて。俺も、優琉もカヲちゃんも——世界は個人の感情にかまうことなく回っていて。面倒臭い。

件の人たちがスタジオへ入っていくのをなんとなく見届け、俺は止まっていた手を動かした。

「……そういえば。〝相方〟はどうなっているんだ?」

「へ?」

「いや、あっちもそれなりに動いているのは耳に入ってくるんだがな」

ああ、優琉のことか。

どうでもいいけれど、さっきから流れている店内BGMが気になってしまう。妙に機械じみたピアノ演奏で気味が悪い。

「——う~ん」

唸ったのは俺ではなく、シショー。

シショーは口元に手をやると眉根を寄せ、鋭い目で空間を睨みだした。

奏者の技術はかなりのモノだ。が、人が弾いているのに機械が出している音と変わりなく、音の強弱にすら違和感がある。……もったいない。というか——。

「こういう音って、どうなんスか？」

人気の、美人ピアニストの曲というのはわかる。だから、音も曲も大失敗していなければ売れるとでも思ったのだろうか？　商業としてのプライドは？

シショーは長い息を吐き出すと、苦笑した。

「前はこんな音じゃなかったんだがなあ」

「そうなんだ？」

帰国前の音はわからないけれど、この人がこう言うのだから以前はいい音だったのだろう。スランプの中、強引に弾いているのか？　シショーたちとは大違いだな。

好きな音楽を好きなメンバーとやりながらも、大切な人まで得ているのがシショーだ。うらやましい。そこに到達するまで苦労していなかったら、俺はこの人をキライになっていただろう。

「——で？　なんだっけか？」

「何が？」

「なんの用で来たんだ？」

そういえば。

持っていた紙袋をシショーの前に置いた。

「〝武史くんからの少し遅いクリスマスプレゼント〟だそうデス」

「あ?」

訝しい顔を向けられ、俺は目で「中を見ろ」と促した。従うように紙袋の中に手を入れるシショー。

「そうきたか」

と、なぜか真顔になった。

その手元にある袋から、見たことのあるバッグが出てきた。いつもシショーが使っているヤツだ。……ホーリィ、何を仕出かしたんだ?

シショーはこの店にまで〝紙袋〟を持ってきた。つまり、バッグがない。そのバッグ未所持の人は、新しいバッグを手にした状態で停止中。ホーリィが預かっていたバッグを無くしたか、盗まれたか、壊したか、汚したか……っぽい。

「使っとけば?」

そうやって拒むのはわかっていたから、間に人が必要になるんだぞ。

「いいって言ったんだがなあ」

この人は思ったことを口にする。本当にいらなかったのだろう。

「それじゃあ困るんでしょ。あっちにも立場ってのがあるんだしさ」

「面倒くせえ」

シショーが髪をぐしゃぐしゃと掻いた。

何〝コドモ〟みたいなコトを。

「相手は〝音〟じゃないから、そんなものだよ」

全人類の思考が〝音〟みたいにすぐ掻き消える設定がなされていたら、俺たちは世の中を楽に生きられたのかもしれない。

「そうだな」

盛大なため息をつき、シショーは紙袋を丸めた。

腹は満足しているのにもたれる胃。思いどおりにいかない現実。

面倒臭いねえ。まったく……。

何気なく外を見た。ピアニストの指示の下、ドラム缶を運ぶ打楽器奏者二人の姿が目に入った。

ドラム缶……、なるほど。俺が口にした「バケツ」からその楽器（バケツも楽器になるけれど）を連想したとはな。

シショーたちとの差を感じ、俺は俺で、ため息をついた。

2

雨音と、月明かりに似たやさしい音がする。

いつでもここにあるソレ。

俺の一部だったもの。

＊

「それ……何？」

「あ？」

朝食をとろうと食堂へ向かっている時、階段を下りようとしている優琉と鉢合わせた。瞬間、俺は顔をしかめた。優琉の右目の下にアザができていたからだ。

「ライブでダイブった？」

殴られた痕のよう。

「酷いか？」

「鏡、見てないんだ？」

「顔を洗った時、気になりはしたけれど、見ないようにしていたんだ」

どうなっているのか、わかってないのか。へえ……。

あ。足が止まっていた。再び足を動かす。

「ぶっちゃけヒドイぞ。重症だな！　ご愁傷さまっ」

実のところ、五百円玉くらいのアザがある程度で、たいしたものではない。むしろ、優琉がケガしているとなんだかワイルド要素が入って――。

「ならよかった」

なんだその単調な返しは。気に入らない。

食堂に入った。

トレーを取って順番待って、厨房のおばちゃんに声かけて、食券渡して……。

「連絡は？」

俺同様に券を渡し、料理を待つ優琉。訊かれたのは、挨拶になってしまった――カヲちゃんから連絡きたかという問い。聞かなかったふりをして、料理が載ったトレーを動かした。

食堂奥の空きテーブルに向かい、座る。と、優琉がやってきて、俺のトレーに味噌汁を置いた。取り忘れていたらしい。お礼に、テーブル中央に設置されている箸箱から二膳取り、一膳を横の空席に差し出した。

どうしているんだろう？　カヲちゃんは。

あれから年を越し、三箇日も越した。別れた日から一週間経過。その間、カヲちゃんの姿を目にすることはなかった。寮だけでなく、紹介したバイト先にも電機屋にも前の職場にも現れていなく、見かけたという情報すら耳に入ってこなかった。

優琉は年始までとにかく忙しそうにしていて、元日の夜あたりにやっと帰省したっぽい。昨日――三日の夜、二日ぶりに顔を見た、食堂で。

俺の年末年始はというと、部屋でごろごろして、ベッドに座ってチェロ弾いて、そこらに転がっていた本読んで、ちょこっとバイト先でチェロ弾いて——ってやっていただけ。一応、連絡待ちしていたつもりではあるものの、やっていたことは普段と変わりなく、何もやっていなかったといってても過言ではない。

「あ〜。聴きたい……」

ぼやき、味噌汁をすする。

喉を通過した液体が、体内を心地よい速度で温めていく。けれど、心臓と身体の深い部分が温まるわけではなかった。

早く欲しい。あの水とは異なる、どこかなつかしい星の音。

「まだいいだろ」

横から聞こえてきた声は、

「オマエはオレより聴いているんだからな」

胸に空いた穴を通ってきたような、乾いたもの。箸を進めながら放たれ、苦笑いで返した。

「昔の音耳にしているくせに、貪欲〜」

俺以上に、あの音に飢えているのかもしれない。

真っ白いごはん。豪快に口の中へ突っ込んでみた。

早く、早く三人で。共に弾いた時の感覚が体内で暴れ、気が狂いそうだ。って、もう狂っているか……。

＊

ない。

買いたかった本がない。

好きなバンドのメンバーが書いた自己啓発本の発売日だから、駅前にある本屋の開店時間に着くよう行動したのに、なかった。今日はチェロを背負っていない。素早くUターン。

……予約すればよかった。

もどかしさを感じながら道を進み、南側の商店街の中にある、はず、の二階建ての本屋を目指す。どこで売られるのかとネットで調べたところ、楽器店やCDショップでは取り扱わず、書店で売られるとのことだった。それゆえに、商店街の本屋へ行こうと考えたのだ。

幼少期に行った商店街の本屋は、とにかくいい雰囲気だった。店頭に貼られていた手書きの新刊タイトルのビラ、積み上げられた本の奥にあるレジには物静かなおじいさん。そんな、紙の匂いに満ちた店内で、時間がゆったりと流れていて……。閉店した、なんてコト、ないよねえ？

やってきた駅の南側は、昔と違い高層マンションがばんばん立っていた。商店街の手前まで真新しいマンションが。あのピアノが聞こえた小さなビルも、見当たらない。場所、覚え間違えていたのか？

そういえば、優琉ん家、商店街の中の八百屋だっけ？　どこにあるんだ？

商店街の門をくぐる。

と、記憶どおりの風景が広がっていた。ここだけ時間が止まっているみたいだ。

手書きのポップや、目にやさしくない色・柄の服が狭い店を賑わせ、通りに面した二階の窓には洗濯物を干しているところもあって。視界に、店主の人柄が想像できる情報がどっとやってくるから、ちょっと笑ってしまう。

でも、それらに惑わされないよう流し見て、目当ての店を探した。

どこだっけ？　右側にあった気がする。が、俺の記憶は小学生時代のものだ。以降は一度も来たことがない。あてにしない方がいいだろう。

視線を動かしまくりながら歩いていると、とある店の商品に目を奪われた。ずらりと並ぶ、企業ロゴや馴染みのキャラクターがプリントされたTシャツに。

あ、あのTシャツは……——違う！　俺の狙いは〝本〟だって！

はっとなった俺は、誘惑を振り払い進む。——ああ、さっき通った店のデッカイふ菓子くらいなら、買ってよかったかも。

なんかいいな。優琉はこういう場所で育ったのか。

ここに居ると、胸があたたかくなってくる。少し息苦しいくらいに。

小さい子が一人で遊んでいれば、どこかしらの店員に声をかけてもらえそうだ。外で迷子になったら商店街の誰かに見つけてもらえて、家出したら配達途中のクリーニング屋さんに見つかり服と一緒に家まで届けられる、とかありそうだし。俺の育った環境とは大違いだ。――あった。

発見した本屋は、清潔感のある新しい建物に変わっていた。新刊タイトルもPCから出力されたモノに。昔の雰囲気、残っていなかった。商店街全体から見ても、ここだけ〝現代〟って感じだ。店主が変わったのだろうか。

物悲しい気分を後ろに追いやって中へ入り、各コーナーの配置図を確認。ありそうなのは、二階の壁に面した棚。

〝データ〟ではなく〝紙〟で保管したいから、ここになかったら取り寄せか通販か……。通販は送料なり手数料なりがかかりそうでイヤだなあ。何より、早く手にしたいし、現物確認だってしたい。隣の駅で探すにしても、電車賃かかるから、なあ。

半ば諦めながら棚を見て――目当ての本発見。

やった！

手にとって状態を確認。少し角折れているけれど、いっか。早足でレジへ向かい、金払って、上機嫌で店を出た。

来て正解だった！

手にした袋の重みを噛み締め、歩く。

歩く。歩く。歩く。

もはや来た時のように商店街を楽しむ余裕などなかった。

門を出て、左に折れてすぐの信号。そこへ向かう――途中で信号が赤に。

だあ！　もうっ！

信号機の真横にまでくると、目の前にある道を自動車が通りだす。これでは進みようがない。

わかったよ！　機械に従ってやるよ！

心、そわそわ。待つのはもう勘弁してほしい。

早く変わってくれ！　なんて思いはしても、表示される色を見続けて待つのは負けた気がする。だから俺は、向こう側の信号に人が集う様子を見たり、その奥にある店をチェックしたり、優琉が喫茶店から出てきたり――あれ？　最近よく見かけるなあ。

数時間前、一緒に食事をした奴ではあるものの、お互い普段何やっているのかなんて知らないし、居場所だって知らない。そういえばスマホの番号も知らない。

だというのに、こうも遭遇するのはいかがなものか。まあ、ここは優琉の家の近くだし、二人して寮生なので、行動範囲も行動時間も似通うわな。同じ趣味持っているから余計に。

今まであまり遭遇していなかった気がするのは、優琉への関心が低かった所為かもしれない。

優琉は、信号右手側の個人経営っぽい小さな喫茶店から出てきた。そして今、信号機の傍を通過しようとしている。――で。後方には脚の長いモデル体型の女の人。歩みは速く、今にも走り出しそうな勢いだ。

彼女は、ブランド物っぽい上品なコートの上に明るいブラウンの長い髪を流し、その下にはレギンスパンツと高いヒールのブーツという、大人カジュアルコーデをしていた。顔はわからない。けれど、歩き方やスタイルから美人オーラが出まくっていた。

その人が、手にしているバッグを高く持ち上げた――瞬間、投げつけた。優琉の背に。

何が起きた？

瞼を開閉させた。が、何度見直してもバッグは優琉の足元に落ち、中身はレンガ造りの歩道に散乱。

見間違い、じゃ、ないのか。

周囲にカメラを持った人は居ない。何かの撮影ってワケでもなさそうだ。

優琉は足を止め、落ちたバッグを眺めた。向こうで信号を待っていた人たちの目も、そこに集う。なんだか、修羅場入りしそう――〝している〟のか？

きれい（たぶん）なおねえさんは、呆然（？）と佇む優琉に、激しい口調で何かを言いだした。それでも、優琉が彼女のテンションに乗ることはなかった。普段どおりに見える動作で、散らばった荷に触れる。

するとﾞ、おねえさんは緩慢な動作でしゃがみ、足元の品を集めだした。口は動き続けたまま。

そして、バッグに収め直せたのか、彼女は立ち上がった。背筋をしゃんと伸ばした女性が、男を見下ろす。その様は凛然としていて、絵のよう。

だんっ！

と、突然、長い脚が勢いよく下ろされ、優琉の〝手先のモノ〟を踏みつけた。

……へ？　ちょ、ちょっと待ったっ！　そこにあるのベース弾きの手だぞ？　そんなギリギリの――っ！

車が、優琉らと俺の間を通過していく。歩行者信号はいまだ赤。

駆けつけたい衝動を抑え、二人を睨むように見据えた。

少し間を取って、優琉はゆっくりと顔を上げた。おねえさんの視線と優琉のソレが絡まる。

この二人……何？　険悪ながらも、妙に親しげな空気が流れている、ように見える。

五秒ちょっと、見つめ合う――というか、睨み合う（？）と、おねえさんの方が浅く息を吐き、脚を退かした。そして、その場にしゃがんだ。

彼女が数秒前まで纏っていた激しい熱。それが急激に下がり、消失していく。

優琉はというと、終始変わらない様子。冷ややかに思えるほど平静なのか、混乱のあまり身動きが取れなかっただけか。

るようにした。

きれい（たぶん）なおねえさんは、眼前にきた優琉の顔を見て、右手で自分の頭を抱え

何をやっているんだ？

俺は、いろんなことがわかっていない。なのに、部外者なのにこうも動揺させられてい

る。ムカつく。優琉のくせに。

俺の目は、悔しいほど彼女に釘付け。

その彼女は、ふと、開いていた左手を優琉へ伸ばし——！

それまでの行動が行動だった。一瞬、ひっぱたいたりつねったりするのでは、と思って

しまった。が、彼女の手は優琉の横髪をさっと一度梳いただけだった。すでに手を離し、

今では静かな口調（だと思う）で何かを言っている。

待て待て。関係が全然見えてこないぞ？

言い終えたのだろうか。おねえさんは顔を下げると、優琉の手元から何か（化粧品？）

を奪い取った。

バッグに入れ、立ち上がり、平然とした顔で〝こっちへ〟——なぜ来る？

あ、ああ。〝信号機〟か。俺の横にあるからな、うん。ほら、青だし。

〝青〟……？

見上げた信号機の色に気づき、意味もなく向こうの信号機を確認——!?

合ってしまった。おもいっきり、おねえさんと視線が。

ええっと?? ……じっと見られているんスけど。

困惑し、優琉の方に目をやった。驚いた顔で俺を見ていた。今、存在に気づいたって感じだ。

そうだ。俺はおねえさんと知り合いではない。彼女が〝俺〟を認識しているわけがない。見ているのは信号機だ、信号機。

などと言い聞かせているうちに、おねえさんが手の届く距離にまで来て——止まった。

うっわ。やっぱり美人だ。

ばっちりメークしているものの、個々のパーツがひどく整っていて、メークで誤魔化しているようには見えない。すっぴんでも上級に該当するだろう。

「君……」

かけられた声はやさしい響きを持つメゾソプラノ。さっき目にしたのは幻だったのかと思えてしまうほど、母性に満ちた表情でもあった。

「優琉の友達でしょう?」

「へ? あ、はい」

「でしょうね」

俺の周囲に居た信号待ちの人たち。おねえさんの視線を受け一斉に、慌てた様子で信号を渡りだす。

「応援しているから。あの子をよろしく」

視線を彼女へ戻すと、困惑げな微笑みが眼前にあった。

〝応援〟？

「おねえさんって――」

口を開いた時には、颯爽と歩きだされていた。

「ちょ、ちょっと待った！」

声にもかまわず前方を見たまま手を振るおねえさん。こつこつと鳴るヒール音は軽快。止まりそうもなかった。

言葉の行方、消失かい。

胸の中で生じたやるせない感情を短い息と共に吐き出し、俺は体の向きを直した。

信号は――まだ青。

機械の足元には優琉。苦い顔でこっちを見ている。

アレって待っている、よな？　いや、でもさ。事の一端を見てしまったからなあ（今更逃げようもないけれど）。何をどう言えば、どう接すればいいのかわからないって。

信号、点滅しだした。

この状態で次の青を待つのか、俺は。それは気まずい。

――だあ、仕方ない！

「え～っと」

走って信号を渡り、優琉の元に着いた。

で？　何を言おう？

優琉は俺を見ながらも、視線を四方に飛ばしている。こいつも言葉に悩んでいるのか。

「違うから。姉貴、だから……」

前触れなく、ぶっきらぼうに放たれた文、一つ。

ああ、こいつの頭にまず浮かぶのは、〝カヲちゃん〟なのか。勘違いされたくないなんて……。まったく、眩しい人たちだ。

今日の陽射し(ひざし)は冬のわりに強く、あたたかい。――布団干してくればよかった。

俺はちょっと目を細め、自らの思考に心で笑った。

「きれ～な人だねえ。モデル？　アパレル？」

なんて言いつつ、駅へと続く大通りに向かって歩きだした。この方角は、俺が行きたかった方であり、優琉が行こうとしていた方でもある。

「大学三年」

「おお、そうなのかあ」

美人すぎて年齢がわからなかった。

言葉を受けた優琉が、片眉(かたまゆ)と口角(こうかく)だけを器用に上げた。

「化粧濃すぎだよな」

謙遜(けんそん)？

「時間がないのだから、将来のことをしっかり考えて行動しろ、だってよ」

「そ、そんな話だったんだ!?　パワフルなスキンシップをとる姉弟――ああ、おねえさんの猶予期間（モラトリアム）もあと一年か。なるほど」

そういうコトか……。

こいつもだったのか。音楽をやるために必死になっていたのはカヲちゃんだけではなくて。――何もやっていなかったのは、俺だけ。

「八百屋って感じしないだろ？　うちの姉貴」

あのおねえさんが、八百屋で〝接客〟。

エプロン姿で野菜持って商品を勧める。それは、男性客が増えそうだな――じゃなくて。

「ああ……、うん」

センスの良さとか整った顔とか、そっくりなんだ。姉だけではなく、姉弟そろって〝野菜売り〟は似合わない。――なんて思うことは、八百屋さんに失礼かもしれない。でも、別の分野向きだろ、二人は。

「――違うんだ」

優琉の声に、重く暗いものがまじった。

「〝どう見ても〟違う」

こいつ……。本当に〝いろいろ〟と考えていたっぽい。

歩道の右手側に並ぶ、真新しいビルの群れ。昔、ここらでピアノの音を聴いた。あの時から俺は、一緒に遊び弾いてくれる人物を探し求めるようになった。

だから――。

「ソレ違うって」

耳にしたくない言葉を音にされそうで、俺は先回りし、口を開いた。

「おねえさんはお前を大切にしている。ああも怒った理由はソレ、だろ？」

優琉は、何がなんでも突き進もうとする奴だと思っていた。いや、実際そうだろう。だとしても、優琉には〝おねえさん〟という枷があって、おねえさんはそんな弟の想いに気づいていて……。

――で？　なんで〝今〟、そんな考えをするんだ？　〝カヲちゃん〟が頑張ってくれているのに。

おねえさんが怒鳴った気持ち、少しわかる。

「〝応援している〟って言われたぞ」

こいつが抱えているものは、たぶん姉だけでない。それが、寮生活している理由だろ？　おねえさんはそれをわかっていて、自由が利かないお前に見かねて、ああも怒った――たぶん。

「俺が必要になったら言えよ。別に〝お前のために〟何かしたいってんじゃないからな。〝俺のために〟言っているんだ」

たいしたことはできないだろう。けれど、俺は音楽業界人である親の名や芸能事務所兼音楽出版社であるザッズの名を使える。イザという時、役立つんじゃない？

優琉はふと足を止め、瀟洒なマンションを見据えた。つられ、俺まで〝時〟の経過と向き合った。

そう〝時〟は動いている。景色のように変わっていくのだ、人までも。その変化が……素晴らしいものだったと思える日を摑みたいし、摑んでほしい。

「そうだな」

と、時間遅れの返しをもらった、気がした。

……ああ、布団干している。いいねえ。

目に入った光景に、早く寮に戻って自分のものを干したくなる。

仕方がない。本も練習も後にするか。寝床のメンテナンスをしっかりしないと、疲労が溜まり演奏に響く時があるからな！

「行くか」

絶妙なタイミングで言われ、俺は大いに頷き、足を踏み出した。――それにしても、

「おねえさん、なんで俺がお前の友人だってわかったんだ？」

今日は楽器を持っていない。俺の話を優琉がしていたのか？　いや、友人かと訊いてきたのだから面は割れていなかった。なのに、おねえさんは外見だけで友人だと判断した。どういうことだ？

眉間に皺を作り、優琉を見た。同じような顔がそこにあった。

が、俺の表情とは異なっていた。なんだか、痛々しい人を目にした、みたいだな。

「……ソレだろ」

顎でさされたのは、手元。

俺が持っていたのは、白く薄い紙袋。本屋の袋。

件のものは中身が透け、『ロック魂！』というタイトルが見えていた。

＊

おひさまはいい感じで地上を照らし、干された布団も気持ちよさそうだ。

屋上の出入り口にできた段差部分に腰を下ろし、俺は自室から持ってきたノートパソコンを開いた。

文、なんて打とう？

家族へのマメな連絡。それが、一人でこっちに戻るための条件の一つだった。連絡手段は電話でもなんでもいいのだけれど……時差やあっちのスケジュールの関係もあって、俺はメールで終わらせている。

電話で会話したのは……半年前だろうか。とはいえ、スマホには両親からの留守録が頻繁に残されるため、声は聞き飽きている（母さんからの一番新しい留守録内容は新曲の一部で、父さんからのは打ち上げの最中っぽい騒ぎ声で、いつもそんな無意味な内容が入っている）。弟は……声、こっちに来てから一度も聞いていない。生きているのはわかっているけれど。

どうしているんだろう？　弟の巧実は。

気になってはいる。でも、両親の仕事の関係上、ひと気のない家にあいつだけを残し、自分は寮生活をしている――ってのが後ろめたくて。

とりあえず、瀧澤シショーたちに録られたデータを圧縮して添付、だな。

こんなことをしたいというメールを家族に送り、反対という返信がなければそのまま実行可能（年末に『才能ある子を掃除要員として家に迎えたい』と送ったものの、無反応だった。ＯＫらしい）。

カヲちゃんと優琉は悩み闘っているってのに、俺だけ実に単純。なんだかなあ……。

胸の中をもやつかせながら、バンド組んで上を目指すという報告事項だけ打って、送信ボタンを押した。

二人を巻き込んだのにこんなんでいいのか？

ぼんやりと薄い色した空を見て、ＰＣを閉じた。

本……、読もう。

3

バイト先のレストランフロア入り口に顔を出すと、演奏を終えたばかりの店長と目が合った。

店長は最近、フロアのピアノを弾いている。耳が肥えている店長と常連客のおかげで、なかなかピアニストが決まらないからだ。

結果、店はカヲちゃん待ち。俺としては実に都合がいい。が、店長からするとオフィスワークが溜まっていくものだからキツイ状況っぽい。いつもなら顔を出すと喜ばれる——のに……？　何、その顔？

「もうそんな時間か」

やってきた店長は、なんとも形容し難い顔をしていた。指がうずいて仕方がない、の、だけれど……？

布団を片した後、本を読み耽っていた。目の動きは止まらないながらも、手は弾きたくなっていて……。気づくと、バイトの時間だった。だから、急いで三胡ちゃんを持って、ここにきたんだ。

正直、前に立って腕を組んだり、首を掻いたりしている店長が邪魔。こっちは、山之邊三胡、楽曲リストが入ったファイル、スタッフから渡されたメモ……その他諸々を持っているんスよ？　ケンカ売ってんの？

「八と五と十四番テーブル行きたい。通らせてほしいっス」

今すぐ弾きたいのに、メモにあるテーブルからリクエストを受けてやるって言っているんだ。早く通せって。

店長は、温度を下げゆく俺の視線を受け流し、顔にヘンな笑みを浮かべた。

「もう少し後でもいいぞ」

「……はい？　熱でも出たんスか？」

声を発した直後、店長の顔が硬直。「山之邊、おまえっ」と頭を抱えられてしまった。

「よくわからないけれど、お大事に～」

強引に足を進め、ピアノ付近の馴染みの位置にチェロを置いた。すると、女性フロアスタッフが俺の椅子を持ってきてくれた。

お礼を言って。ピアノの上で、ファイルの中身を整理して。

よし、準備完了。

別にどの曲でも渾身(こんしん)の演奏をするつもりだからリクエストを受ける必要なんてない。などと思っている俺ではあるものの、世の中には形式だとか義理だとか、いろいろなしがらみがあるので従うのが妥当。面倒だ。

俺は、八番――窓に面した席へと向かった。

午後五時過ぎ。昼間と違う控え目な照明とテーブルを灯(とも)すキャンドルによって、窓（というかほぼガラスの壁）の外がよく見える。店より気持ち大きめの駐車場を囲う緑、の、奥にはネオン。駅から少し離れた小高い地にあるからこその、美しい景色がそこにあった。天がぼんやり明るいのは、頭上に広がる濃紺の空間を覆いつくさんとする雲の所為か、街灯り（まちあか）の所為か。

客の入りは……三箇日（さんがにち）が終わったとは言え、仕事や学校が休みのところもあるからだろう、普段以上に繁盛している様子。店長、カヲちゃんが居なくてイタイだろうによく待てるねえ。まあ、カヲちゃんの演奏を知ってしまうと、他者では物足りなくなるか。

着いた席には、スーツ姿の男性と、清楚（せいそ）な印象を受けるシンプルで上質なワンピースとアレンジが施（ほどこ）された黒髪の女性——というオシャレなカップルさんが居た。

足を止め、二人の手前の空間を見ながら営業スマイル。

「本日は当店を——……？」

ちょっとだけ客の顔とピントが合った、おかげで、俺の言葉がぷつりと切れた。

知っている人だった。

予想外の姿に気づくのが遅れた。けれど、確かに目の前に居た。

カヲちゃんが。

一緒に居るのは、婚約者。

待て。コレってつまり——。

「…………」

言葉、途切れたまま続きが出てこない。

そんなに敷居が高くない店に、こうもバッチリ決めた姿で現れた、音信不通だった彼女。

二人の関係。

普段のカジュアルスタイルなら別になんとも思わなかった（たぶん）。なのにコレだ。

店内の照明で余計〝とある〟可能性が高い気がして……。

カヲちゃんは、何考えているのかわからない顔で俺を見てきて、俺はその目を見ながら動揺。婚約者サンの視線感じるのに、そっちに顔を向けることなんてできなかった。

「なるほど、君が居る店だったのか」

声をかけられても、相槌すら返す余裕ない。

……なんでそんな格好しているんだ？　なんで店長、あんなこと言ったんだ??

頭の中で〝とあるコト〟がちらついて、いろんな音までやってきて――こびりつく。

ヤバイ。なんかもう、ヤバイ。

響く音、わんわん鳴ってヤカマシイ。

もしかしたら、カヲちゃんは今、目で〝何か〟を伝えようとしているのかもしれない。

でも、そんなのわかるはずがない。音にしてくれないとわからない。

そう、〝わからない〟。

訊きたいことはたくさんある。けれど、まずは。

「どこまで話せた？」

口の中がカラカラだった。声、普段どおり出せただろうか？

カヲちゃんは瞳を揺らし、

「弾いてくれるんでしょ？」

問いを返してきた。久々に聴いた彼女の声は少し震えていて……。

「リクエスト、〝武史の弾きたい曲〟」

初めて呼ばれた、名を。こんな場所で、こんな状況で——、

「……わからない」

卑怯すぎる。

「何が？」

「さっきまで……どんな曲でも、いいものを弾ける自信あった。でも、今はない。聴かせられそうにないし、弾きたい曲もなくなった」

〝二人への曲〟なんて——ムリだ。あんた「いってきます」って俺に言っただろ。なのになんで、「ただいま」じゃない？　しかもソレ、〝最後のお願い〟みたいじゃないかっ！

喉に何か詰まっていて、口内が言葉で咽そうなくらい渇ききっていて。

アルトの声が、

「なら、そこに」

と静かに放たれ、彼女は俺の頭を指さし、

「——ある音を」

微笑（ほほえ）んだ。

……ああ、もう。

視界が霞（かす）む。

じりじりと締め付けるような俺の胸。掻き毟（むし）って洗浄したい。

イヤだ。これでフィナーレだって言われても、納得いくわけないだろ。

俺の体内には音がたくさんある。もう、どこから出せばいいのかわからないくらい蓄積されている。

けれどコレ、あんたに〝聴かせたい音〟じゃない。あんたと〝奏でたい音〟だ。

溢れそうになるモノをこらえながら彼女を見続けた。こんなの、心底〝不本意〟だ。

俺を見るカヲちゃんは、泣きそうな目で少し困ったという笑みを浮かべた。そして、子供相手のおねえさんみたいな口調で言葉を紡いだ。

「客の、〝リクエスト〟」

……ズルイな。気持ちに気づいているのにスルーして〝オトナ〟するんだ？　今度こそ本当に？

やるだけやって選んだのなら我慢して、時の経過と共に感情が整理されるのを待ってやるよ。仕方がないって思うことにしてやる。

でもさ。何も答えてくれてないのに、切り捨てられもしなければ、俺……。

いろんなモノが体内で蠢（うごめ）いて、くるしい。けれど、今のカヲちゃんは〝客〟。

〝客〟なんだ。

目を瞑って深呼吸、二回。

落ち着け。まだ、ふられてなんかいない。もしこれが、カヲちゃんにとっての〝最後〟だとしても、また引き止めることができる、はず。〝俺〟なら。いや、〝俺ら〟なら。――なら、どうする？

そう、この人は不器用で、なんだか少し口下手で。

そうだった……。

すうっと波のように、押し寄せていた感情が引いた。

プラネタリウム。目を深く閉じるとある空間、感じて。

輝く音色（ねいろ）。またたく星。俺を、泥まみれで地上に立つ人を、魅了する星。

だから――。

ゆっくりと、静かに息を吐き、目を開いた。そして、

「かしこまりました」

完璧な笑顔と共に声を発し、場を後にした。

＊

五と十四番テーブルにも行ってきっちりリクエストを聞いた後、俺はピアノの傍（そば）にある

椅子に腰を下ろし、三胡ちゃんを抱えた。

脳がやたらと冴えている。頭のシステムがフル稼動していて、音とオタマジャクシがうじゃうじゃやっている。

ああ、好都合だ。

……やるよ。きちんと、弾くから。

八番テーブルさん。普通に食事できるの、今のうちだぞ。

弓を弦に沿(そ)え、想い、たくさん込めて。

はじまりの音。ぐんっとのばして——じらして——次へ。

やさしく。でも、静かに響かせるのではなく、すっと鼓膜(こまく)を通過し脳を蹂躙(じゅうりん)できそうな音量で。

ヨハン・パッヘルベルの『カノン』。少しずつ速度上げて奏でる。

聴きやすい速度に一度戻して、じらして。戻して、じらして——転調。

星はいつも、俺の中にある。目を閉じればすぐそこに。

けれど、それは過去の輝き。だからさ……。

遠くで鳴り響くヴォルフガング・アマデウス・モーツァルトの『きらきら星変奏曲』。が、こっちにやって来て、現実(リアル)に戻って、室内に響く『カノン』。

主旋律。ゆらゆらゆらゆら、不安定。

誰の所為(せい)か、わかっている?

カヲちゃんの音、脳内で予測して音を放つ。

この場に、優琉も居ればよかったのになあ。なんて思いながら、新たな輝きを求め、俺は星の元へと一気に意識を飛ばした。

星、きらきらきらきら。

輝きに合わせて早まる指の動き。速く、速く、速く。

ベースにしていた曲なんておかまいなし。リズムだけ残して好き勝手。頭の中の鍵盤音は笑えるほど支離滅裂。

なのに、きちんと曲ができる。わけわからん。

おかしくなってきた。顔から締まりってものがなくなる。俺、限界っぽい。

ほら早く。旋律壊れるって。

キリキリな高音。あ、切れる――。

ダン！

と突然きた衝撃。後ろからのソレ。

放たれた鍵盤の音、一つ。と、認識した瞬間、加入した音が走り出し――来たっ！

ピアノを見ると、困った顔で笑うカヲちゃんが居た。

遅い！

文句言いたいのに顔がにやけてダメだ。すっごい鼓動、うるさいくらいに速まって――。

俺はカヲちゃんの斜め後ろを走った。

ほら、走って、走って！　でないと追い越すぞ！

容赦なんてしない。後れをとったそっちがわるい！

地上でじたばたあがく。二人の音、互いに競い合うように走って、走って――。

ぱっ！　と視界、開けた――数秒の空白。訪れた静寂。

俺はゆったりと流れるＢＧＭみたいな『カノン』を奏でだした。そして、その頭上に輝く星の音。

数日ぶりに耳にした。この眩しい音。

ああ、そっか。だからか。彼女の音は強く叫んでいるから、強くあがいているから――。

独奏に入ったカヲちゃんの姿に苦笑がもれた。音のきらめきも、その輝かしい表情も、「鍵盤大好き！」って全身全霊で叫んでいる。そこに婚約者が居るのに。

俺ら、数日間何をやっていたのだろう、ね。

窓辺に居るカヲちゃんのお相手は、驚嘆や困惑や嫉妬が入りまじった顔をしていた。

あんたが惚れたの、こんな子だぞ。扱える？

はいはい、わかったって。

『きらきら星変奏曲』の旋律崩壊。コードなんて気にしない。謎な曲になってきた。

旋律を少しずつ変え、ヘンリー・クレイ・ワークの『大きな古時計』をまぜて。深い夜、呼び込んで――。

さあ、行こうか。

空を見上げなくても確かに感じる、輝く星。耳に響く、秒針音。そして、室内に流れる『カノン』。

静かな夜。

星は胸の中できらめくから、心穏やかになって笑みがもれて。

俺らは確かな感触に満たされ、指を止めた。

沈黙。五秒程あって、わあって歓声と拍手が沸いた。

こっちで好き勝手していただけなのに、周りまで楽しめたらしい。なんだか、ありがとうございます。

でも、こんなもんじゃないんだ。優琉が居たら、もっとおもしろかったんだ。まあ、そうだったら、しっかり金取りたいから……こういう形では聴かせたくないけれど。

ほころぶ口元を腕でごしごし拭いて、顔を直して、カヲちゃんの方を向いた。

ピアノの椅子にまだ座っていた。ぼうっと、俺の前の空間あたりを見ながら。……このくらいでは足りなかったのか？　優琉居ないとやっぱりダメ？

椅子から立ち上がり、カヲちゃんの前で手を振ってみた。視線、俺の手には来なかった。ものの、唇かすかに動いて――。

「違う……全然」

ええっと。出会った時の曲を言っている？

「ああ、だろうねえ」

あの時と同じ旋律じゃつまらなくて、テーブルから動いてくれなかったんでない？

カヲちゃんの頭が動いた。鍵盤へと。

そして、その上に指を置き、質感を滲みこませるように滑らせた。

「……そっか。行くんだ？」

またあの人の元へ。――当然か、まだ話したいことあるよな。

身体の熱、急激に冷えだした。

戻って、来るよな？

カヲちゃんは一つ息を吐くと、椅子から立ち上がった。体が八番テーブルの方を向く。

カヲちゃんの、口が開いた。

「ここだから――」

視線は相変わらず。俺を見ない。が、横から見た顔、かすかながらも、やわらかいものになっていて。

「〝帰る場所〟」

「……」

こういう時、どう返せばいいのだろう？

「いってらっしゃい」は口にした。今居るカヲちゃんは出先の人。「おかえり」はまだ早い。

考えてもわからない。だから俺は、チェロを響かせた。

八番テーブルが空いたことに気づいたのは、受けていたリクエストを消化した時のこと。

5章　雨音

1

午後九時十八分。

バイトを終え寮に戻ると珍しく門が開いていた、普段は九時十分に閉められるというのに（寮監が十分大目に見てくれるんだ）。

何があったんだ？

――あ。寮監に見つかると、後が厄介だな。

俺は柱の陰に隠れ、様子を見ることにした。

寒い。

下がってしまったマフラーを口元にまで引き上げ、首筋を通る冷気を防ごうとあがく。が、一度冷えてしまった首は簡単にはあたたまらなかった。

口からもれる白い靄。暗闇に潜んでも、大気を漂う息が寮の明かりに照らされ、存在を隠しきれない。これでは頭隠して〝息隠さず〟だ。いや、〝チェロも隠せず〟か。などと妙な自主ツッコミを入れつつ、門を見た。

人影が門の外――道路にまで伸び、映っていた。そこに二人居るようだ。影たちは、玄関先で何かを話している。

一分ちょっと経った時だろうか。片方の影が動いた。こっちに来る。

身構え、息を殺しながら一点を見据えた。出てきたのは……優琉。

？　何をやっているんだ？

優琉は奥の影に浅く頭を下げると、俺が隠れる方へと足を動かした。荷物は、いつも背負っているベースケースと大きなトートバッグ。

こんな時間に？　ということは……。

「家、行くんだ？」

前を通過した背に、確信めいた問いを投げかけた。瞬間、優琉の体が硬直――したのも数秒だけ、一つ深い息を吐くと静かに言葉を放った。

「居たのか」

「まあね」

苦い顔を向ける優琉。

意外とうまく隠れられていたっぽい。でも、全然嬉しくない。

「何も言わずに行くつもりだったんだ？」

なんだか、場合によっては寮に戻らなくていいようにって感じが……。

「戻ってくる気だよな？」

優琉が寮を見て、少し笑った。

「寮監に言伝頼んだんだけどな」

「ふ～ん。そっか」

そんなんで済ませるつもりだったんだ？

とりあえず、ここで会話をするわけにはいかないから一緒に歩いてやろう。送るわけじゃない。

優琉の少し前を歩きながら、俺は通りの先を見て口を開いた。

「勝つつもりだよねえ？」

やんわりと、かつ、とげとげしい言い方になった。

優琉は何も言わなかった。ただ足を動かすだけ。だから、俺の後ろで言葉を選んでいるのか、いつも同様眉間（みけん）に皺（しわ）を寄せているのか、もっと違う顔をしているのか、わからなかった。が、こいつに効果的な言葉ってヤツを俺は知っている……。

「カヲちゃんが来た」

この名を出したとたん、後ろにあった気配が張りつめたものになった。それでも俺は足を進めた。

「店に、客として来た」

放った言葉は、夜の闇に溶けていくかのよう。自分の舌先（したさき）からこぼれた言葉なのに、質感がない。

「それはどういう……」

優琉が俺の横にまで来た。

声は冷静でも、行動で胸中バレまくり。思わず苦笑。足元は闇に捕らわれたように重く、身体は乾ききっていて——ヘンな感じなのに。

「一緒に演奏したんだ。やっぱり、やりたいって思ってくれたみたいだ」

演奏から熱がしっかり伝わってきた。あっちにも伝わったはず。でも、

「消えたけどねえ」

気づいたら居なかった。

一人で再戦に行ったのはわかる。が、〝あの人〟のことだ。音を使わず、言葉で伝えられるのか？　俺の前で婚約者と決着つけるならまだしも……。

それなのに、こんな時なのに、こいつは何も言わないで行こうとした。離脱しやがったら、家に殴り込んでやるぞ。

俺は優琉を睨んだ。返ってきたのは、顔をゆがめた薄笑い。

こいつってなんでこんなに——ケガが似合うんだ？

顔のアザが、増えていた。

なんでだよ？

目にし、認識し、腹の中の感情がふつふつと湧き上がってきた。

「そのアザは何？　誰と戦っているんだ？」

増え方からして、ライブでのダイブとかモッシュとかが原因だとは思えない。

こいつの、敵って……何人だ？

優琉は少し驚いた顔をし、鼻の頭を掻いた。それっきり——。

どんよりとした曇り空。

空気は冷え、肌を刺すよう。雪でも降るのだろうか。

通行人がほとんどいない細い道。

歩く。来た道を引き返し。

寮は住宅が密集したところにあって——少し進んだ先の角を左に曲がり、二軒行けば、四車線の通り。優琉と歩くのは、そこの角まで。

なんだか前に進んで止まって、戻って止まって、また進んで、行ったり来たりの繰り返しだ。

「俺は」

沈黙を破ったのはこっちだった。

「待つだけでいいのか？　二人が頑張っているのに、待つだけって……。どうなんだろう」

急激に下がりゆく体温。我ながら、感情の起伏激しすぎ。

バカだよな、いろいろと。

今の言葉なんて、「あんたより恵まれているんだ。いいっしょ？」って口にしたようなものじゃないか。

　優琉の反応が気になった。が、見たくなんてない。

　俺は暗い夜道を見据え、足を無言で動かし続けた。

「そっちの戦いは――」

　ふと、静かに言われた

「生まれた時からだろ」

　思ってもいなかった返答。

　驚き顔を動かすと、優琉は前を向いたまま歩いていた。

　おかげで表情はわからない。つい、まじまじと見てしまう。特に顔のアザを。

　目の前の奴は静かに息を吐くと、顔を動かすことなく、

「オマエの相手は両親、じゃないのか？」

　という言葉を追加させた。

「〝両親〟？」

　すぐそこの通りを走るバイク。

　エンジンが空気を震撼させ、鼓膜を震わせては流れゆく。

　ええっと。それが俺の〝相手〟？　なんだろう、コレ。〝心にあったわだかまりが取れる〟って、こんな感覚なのか？　おいおい。体温上げるトコでないぞ。なんで俺、喜んでいるんだ？

曲がり角に着いた。左に曲がって少し歩けば、車が行き交う通りだだ。

優琉は体をそっちへ向けると、足を止めた。つられて俺まで停止。

「オレの相手は、〝親父(おやじ)〟」

ケースを背負い直した優琉から、抑揚(よくよう)のない声がした。俺がはっとなっている間に、手を軽く振り、再び足を動かして。小さくなっていく、背。

何か言いたい。でも、感謝、謝罪、応援。どれも口にするのは、なあ。

「優琉っ！」

声をかけてから〝武史(たけし)システム〟フル稼働。

足を止め振り向いた優琉、の〝ベース〟が少し、ずり下がった。――だよな。ソレしかないわな。

「二日後、午前八時半にバイト先集合な」

「…………あ？」

「何を言っているんだ？」と言いそうな、小馬鹿にした笑みを向けられた。

下を向いて笑うと、俺は顔を正し、口を開いた。

「あそこ開店十一時なんだけど、厨房のために入れるようになっているんだ。だから、少なくとも二時間は練習できる」

よく使わせてもらっているから、平気なはず。練習していると有線放送が止められるんで、生音をＢＧＭにしているんでない？　生演奏に慣れたスタッフには、録音された音質では物足りないのかも。

だからさ。

「二日後、覚悟してろよ」

忘れずに来い。容赦しないから。

「わかった」

苦々しげな顔で、でも、ゆるんだ口元でそう言われた。

優琉は再び歩きだした。

明るく騒がしい奥の通り。こっちは静まり返った暗い道。そこに立ち、見送っている、俺。

優琉が通りに出て角を曲がるまで、あと三メートル程。

通りを走る車のライトや街灯が、強い光となって優琉を包む。おかげで、背が深い影に覆われ、姿はほぼ見えない。

……こんな役割、気に入らない。限界だ。

ああ、そうだ。

「電話っ」

気づくと、少し近づいていて、

「電話しまくってやる！」

と口走っていた。

優琉の番号知らないけれど、寮生から聞き出して——だな。覚悟しておけ！

振り向いた優琉は逆光。なのに、バカにしたような笑みを向けたのがわかった。

「ストーカーかよ」

笑いをこらえた声。

「へ？　なんか言ったかあ⁉」

と言いながら、耳に手をあててみた。ぶっちゃけ声だけではなく、向こうの通りでした車のドアが閉まる音まで、しっかり聞こえていたりする。

「——腹立つ」

文句を言う声は、楽しそうだった。

〝音〟。

自分の音を必要とされるのは、嬉しいことだろう。存在価値を見出されたような喜びを、俺自身感じることがある。だから、何度でも言ってやる。あんたの音が必要だって。実際、離したくない音だし、こっちだって必死——っていうか、うるさい。

奥の通りから何かを引き摺る音が、少し前（車のドアが閉まった頃）から聞こえていた。ゴロゴロという音が。

優琉も俺も、耳に付く音の方へと顔の向きを変えた。

視線の先には、旅行用の大きなキャリーカートをひいた人影。光射す通りを背にしていて、その人の顔は見えない。けれど、シルエットは女性。

見覚えが――。

目を細め、影を凝視した。すると優琉が、

「待たせすぎだぞ」

息と共に言葉を放った。

＊

暗い空間の中、優琉より少し奥にある街灯。その下に佇む人物を見た――とたん、下腹部あたりから密度の高い空気圧のようなものが、どっと増殖。

圧は気道を通過し、喉元を叩いた。激しく暴れ、内側から栓を壊さんと蓋を押し上げ、押し上げ――。

「お待たせしました」

困ったような恥ずかしそうな声の、アルト。

「――っわあああ！」

俺は謎の声をあげ、場にしゃがみ込んだ。

来た！　ついに来た、カヲちゃんが！　なんだよコレ。泣き、そうだ。

嬉しいのに手足が震えてきた。俺は膝に両腕を乗せ、そこに顔を押し付けた。でも、優琉とカヲちゃんが気になる。

目の部分だけずらしてみた……ら、二人に見られていた。

なっ——平静を繕いやがって。優琉だって内心すっごいことになっているはずなのに！

優琉の靴を焼いて塵にするくらいの熱を込め、睨んだ。すると、カヲちゃんは膝をゆっくりと曲げ、こっちに向かって小首を傾げた。

「大丈夫？」

二言目はソレ？　俺宛ての言葉でいいんだ？

逆光になったため、カヲちゃんの顔は見えない。でも、声質が少し変わった気がした。

カヲちゃん、あんたは——。

「おかえり」

間を裂いたのは優琉。声に、わずかな息が含まれていた気がする。

俺がこの人と顔を合わせた回数は、今日で三回目。会えなかった期間も、たいしたことはない。優琉にくらべたら、全然だ。

心臓あたりが妙に乾き、うずく。痛い。

「……来た」

こっちの胸中に気づきもしないカヲちゃんは、立ち上がり、その口を動かす。

「任せた。お兄さんに」

相変わらず、何を言っているのかわかりづらい。話し方が独特すぎだって。

傍で声を受けた優琉は、ごく自然に言葉を返す。

「おばさんくらいには、説明してきたんだろう?」

「うん。出てはいたんだ。お父さんたちはね」

ええっと。〝許可〟のことか? うまく伝えられずにいたのは、お世話になっている家の人たちってこと、だよな。

「そっちは今から?」

「まあ、そんなとこ」

「そう……」

俺を通さない二人だけの会話、初めて聞いた。

なんだ。優琉となら、すんなり会話が成立するんだ。

「いってらっしゃい」

カヲちゃんが優琉に、あたたかな声で言った。

道。外灯(がいとう)を背にし佇(たたず)む男女の姿。

「いってきます」

いつもよりやさしげな響(ひび)きを含む、優琉の声。

ああ、本当に――。

背を見送るカヲちゃん。今度は足を止めることなく進む優琉。

俺はそんな二人の姿をコンクリートの傍(そば)で見据(みす)え、頭で鳴りだした旋律に耳を傾けた。

チェロ、弾きたくなった。

――バカだ。

「教えて」

コンクリートを凝視した状態で止まっていた、俺。その鼓膜を、アルトの声が刺激した。頭を動かす。と、カヲちゃんの顔があった。俺の顔を覗き込むように、横にしゃがんでいた。

「知らない」

鳴り響く旋律と放たれた声がまじわり、色が変わる。少しだけ、暖色に。

「どこ?」

彼女が口を開く度に、目の前の空間を舞う淡い白。俺の色と重なった箇所が、濃厚な白になる。

が、それも一瞬のこと。すぐに消失して、ただの空間に戻りゆく。

そんなものなんだ、

世の中のあらゆるものは。

「――武史の家」

〝形〟なんて、存在しているようでしていない。音みたいに、煙みたいに、砂みたいに消えていく。

だけど、だから――。

「あの、聞いてる？」

「………ああ。家ね、家」

そういえばこの人、俺ん家の住所どころか、和風建築か洋風建築か、何階建てかすらわかっていなかったんじゃないか？　よく来てくれたな、カート一台で。

この無鉄砲さ、嫌いじゃない。なんだかニヤつく。

「早かったねえ」

あれから数時間で決着つけてくるとは、思ってもいなかった。これって、親戚の家から飛び出してきたのか？〝婚約〟はどうなったんだ？

思考が表情に出ていたのか、

「お兄さんが今だって。車出してくれた」

問う前に言ってくれた。

ええっと……。婚約者サンが機転を利かせ、話をつけられていない（または、話をつけられそうもない）伯父さんたちに、気づかれぬよう家を抜け出し、得体の知れない奴である俺の元にまで車で送ってくれた――ってコト、か？

「そっか」

行動からして、婚約の件も〝お兄さん〟が、解消を口にした気がする。いろんなことを気にするカヲちゃんのために。

人気者だなあ。なのにこの人は――。

「あ……。おかえりなさい」

「ただいま」

忘れていた俺からの「おかえり」に、夕陽に似た笑みを返してくれた。

俺は、胸を締め付ける笑みを受け流し、腰を上げた。ぎしぎしと、縮こまっていた筋肉が悲鳴をあげる。――どんだけしゃがんでいたんだ？

首や腕を回したり腰をひねったりして、軽くほぐす。と、口から二酸化炭素を長く、深く吐き出した。

やりたいことのために、二人の生活を掻き乱し、迷惑をかけ、犠牲を払わせる。だから間違ってはいけない。

目にするのは、現在でも過去でもない、未来――。

身体に絡み付くモノを振り払うよう、俺は足を動かした。

一歩、一歩。先を見て。


後ろから、カートの音。

ゴロゴロという音が少しずつ早くなって、がたんっと止まって、またゴロゴロ鳴って、止まって。

振り向き、そこに居るカヲちゃんに三胡ちゃんを押し付けた。後に、彼女のカートを掴んだ。

持ち上げた瞬間、ずしりときた。

何、この重さ？

限界まで、強引に荷物を詰め込んだっぽい。目に浮かんだのは、体重をかけて蓋を閉める姿。

カヲちゃんは、俺の行為に少し戸惑った様子ではあったものの、渡されたチェロをしっかり背負うと、真顔で体を左右に動かして、重さ・感覚を楽しみだした。

苦いものを感じる。なのに、笑ってしまう。

再び前へ向き、ゆっくりと足を進める。と、数秒遅れでやってきたカヲちゃんに、俺の左横は易々と占拠され……。

複数の車が行き交う通りに出た。

風を切る音がうるさく、ライトが眩しい。おかげで、頭の中の旋律がより深く響きだす。ゆったりしたリズムの、しっとりした曲が。

足を動かしながら口ずさむ主旋律。

脳内にはベースとピアノの音、しっかり聴こえるから——。ああ、なんで俺ら、こんなにこんがらがってしまったんだろう。

悔しいほどうるさく響く、曲。歌い続ける。

通過していく車のライトを追うように、でも足取りは遅く、歌い、歩いた。

「あの……」

声を投げかけられたのは、歌い終わって少ししてから（あと十分弱で家に着きそう）。カヲちゃんを見ずに、

「ん？」

と返し、言葉を待った。

「音、でしょ？　わたしの」

「……」

「あんたが求めているのは……そこ、だよね」

急にきた。

声はわりと普通。でも、かすかに硬く、わずかに震え……。

投げられたのは紛れもなく、本気の問い。

走る車が光の線を描きながら、通過していく。

闇と光と、冷気と体温。頭の中で再び流れだした、旋律……。

俺は、カヲちゃん以上に貪欲なんだ。この瞬間ですら、ものすごくいとおしく思える。

求めているものは複数。大切なものも複数。

当然、想っている、きちんと。

大切だよ。あんたのこと、すごく。

時間を経過させるごとに増していった、想い。けれど——。

「優琉のも、だよ」

口の中はカラだというのに、苦いものがじわっと広がった。

俺は、カヲちゃんと、優琉とでさ。〝今〟を――〝今でないとできない音〟を生みたいんだ。

それぞれが違う関係になれば、ここにある音は生まれない。〝今より先にある音〟にも興味はある。でも……。

「わかった」

濁っていて、震えているアルトの響き。胸を刺す、凶器。

痛い。しっかりと。

なのに俺は、捨てられない。〝今の音〟を。カヲちゃんもきっと、捨てられない。〝俺の音〟を。

進んだ。お互いに、それぞれのものをこらえ、踏みしめ。道をゆっくりと、進んだ。

ふと、白い綿の欠片（かけら）みたいな結晶が降ってきた。

口元からもれ出てくる白い息。数分前より色が濃く、はっきりしてきた。

寒い。

単語が頭に浮かんだ瞬間、体がぶるっと震えた。横目でカヲちゃんを見ると、俺と同じくはっきりした白い息を吐いていた。

山之邊家（やまのべけ）まであと――五分だろうか。電話、しないと。

左手をアウターのポケットに突っ込んでスマホを取り出し、高岡の番号を呼び出した。

　カヲちゃんのことは前に電話で伝えていたから、「今からつれて行く」と言っても、嫌がられることはなく――むしろ、機械を隔てた先で喜ばれてしまった。

　もしかして……〝カノジョ〟だと思われている？　違うよな。俺が見つけたピアノ弾きだから、喜んだんだよな？

　はあっ……。胃がキリキリする。

　ただでさえ顔を出すと盛大に喜ばれるというのに、関係を間違われていたら高岡のばあちゃんに「お赤飯を用意しましょうね！」とかなんとか言われそう。カヲちゃんとは門の前で別れよう。いや、いつも家の中には入らないし、元からそのつもりだったけどさ。

　スマホをポケットに戻し、胃あたりをさすろうと再び左手を出した――ら〝拘束〟された。

「……ええっと」

　左手、を封じる、右手。

　横を見た。ものの、俺より背が低い人が下を向いて歩いている。表情、わかるはずがない。

　さっきの会話が会話だ。どうすればいい？

「冷えた、の、です」

　前を向いたまま、蚊の鳴くような声で言われた。

〝冷え〟……。〝冷え〟、ね。

時折、顔に白い雪が触れる。それはあっという間に消失するものの、触れた箇所からじわじわと体温を奪ってくれる。

確かに、手を冷やすのはよくない、な。

お互い手袋をしているため、実際の体温なんてわからないけれど、うん。

カヲちゃんの手を握り直しポケットに押し込むと、俺らは再び夜道を進みだした。結果的に、寄り添うような体勢になったのは、天候の所為。彼女の身体が小さく震え続けたのは、たぶん、俺の所為――。

2

雨音と鼓動。

どこかへ行った、傘。

そして、赤――。

＊

突然、眼前に影が生じた。

「ええっと……?」

視線を影へと移動させると、なぜか宮っちが居た。部屋に居たのは俺とルームメートの修（高一）だけだったはず。夕食を終え、俺は弦二で演奏を、修は最近ハマっているらしい彫り物（?）をやっていた、のだけれども……?? 室内に修の姿はなかった。風呂か？ まあ、いいか。

「ヒトミさん元気ぃ～？」

「……ぼちぼち」

宮っちに呆れ顔で答えられてしまった。

自分でも順序が違う、と思う。でも、俺の中では〝宮っち＝ヒトミさん〟だから。

「で？ なんで居るんスか？」

訊くと、手にしていたスマホを押し付けられた。

「出ればわかる」

「へ？」

画面には、昨日見送った人物の名。

もうお互い番号くらい知っている。なのにコレってことは、俺が電話に気づかなかった所為で宮っちの元へいった、のか？ ああ、話せばわかるか。

「もしもし？ 電話かわりました、山之邊っス」

とりあえず言葉を放ってみた、ものの――、

「……」

反応がなかった。

スマホを耳から離し、画面を確認。『通話中』の文字と、電波有りの表示。

再びブツを耳にあてた。

突然、重みのある何かが放つ、やかましい音がした。店のシャッター音、のようだ。

なんだ？　この電話は。

実家の二階から電話していて、近くに誰かが来たものだから話せなくなった、のか？

それにしては、人の声が聞こえない。

「もしも〜し。電話通じてんの？　……切るぞ」

『切るなよっ』

「あ？　通じていたのか」

受話器の奥から、慌てた様子の声が返ってきた。なのに、それっきり、「あ」とか「う〜」とかって声が数回発せられただけで、反応が途切れた。

……スミマセン。最近心に余裕、あまりないのでイラつくのデスが。

なんとなく宮っちを見た。渋い顔でこっち（いや、受話器の先に居る優琉？）を見ていた。

優琉の沈黙といい、宮っちの様子といい。深刻な話か？　どんな用件なのか、皆目見当がつかないのだけれど。

『……』

仕方がない。話すのを待ってやる。

俺は耳と肩の間にスマホを挟み、チェロの弦を指ではじいた。弱音器(ミュート)をつけているから、適度に音が聞こえる。その音を聞きながら、スマホからの音を待った。

『宮内先輩は？』

「はい……？」

そんな言葉しか出てこないのかよ。

「目の前でこっち見ているけど？　……」

張り詰めた空気とは異なる、なんとも微妙な空気。

あっちもこっちも、俺しか言葉を放とうとしない。問いを投げかけても、返ってくるのは沈黙。

――かあ！　面倒臭いっ！

頭を掻(か)い――。

『頼みがある』

唐突にはじまった。

『金持って、ベースを受け取ってきてほしい』

「へ？」

新しいベースでも確保したのか？

『金持っているんだろう？　今のオレと宮内先輩ではぽんと出せない額でさ』

「……なんで俺？」

こいつが俺を頼ることも利用することもない、と思っていたのだけど。

『楽器が関わっているからアテにしてみた。他から借りると利子とられるしな』

俺がこいつの音を評価していて、金だって他の寮生より持っているから、仕方がなく——だよな？

宮っちの顔は今でも複雑なもので、決して明るくなんてない。他人事にはいつも「勝手にしろ」「好きにしろ」っていう態度をとる人がコレだ。

よくわからないけれど、とりあえず——。

「いくら？」

『金額は……三万』

〝三万〟?? ベースってそんなに安かった？ チェロが高すぎなのか？

正直、一万だろうと出したくはない。が、こいつがこう言うのなら、俺の耳にとっても必要な出費なのだろう。

「口座の中、いくらあったかな……」

三万は確実にある。それでも、慎重に金を使わなければいけない（カヲちゃんの件もあるから、さ）。——まあ、

「出すよ。でも、絶対に説得して戻ってこい。それが条件」

俺にここまでさせるんだ。お前の音は俺がもらう。

『わるい』

渋い顔で笑ったのがわかって。俺は顔をしかめた。

「ありがとう」って言え——まったく。

「ありがとうございました」

背に受けた言葉、妙にうるさかった。受け取ったベース、妙に重い。

なんなんだよ、コレは……。

暖房の効いた店を出ると、肌を刺す風が顔に触れた。

身を震わせ、俺は駅の方へと足を進めた。

歪(ひず)んだギターリフが聞こえてきそうな夜の街灯り。そんな景色も、手元にあるモノも、少し軽くなった財布も——だあ、もう!!

心臓あたりで謎な感情がいっぱいになって圧迫し、とにかくくるしくて、俺は盛大に長息(ちょうそく)した。

＊

跳(は)ねる。奇妙なステップ踏んで疾走。

追い駆(か)けたり追われたりの勝負事。よそ見したら、足元掻(か)っ攫(さら)われる。なら、先にこっちから攻撃しかけて、ねじ伏せてやる！

一対一の戦い。

男の俺がこんなことするのは、よくないかもしれない。けれど、力業かまします。ごめんなさい。

鍵盤を後ろに追いやり、三胡ちゃんの音をめいいっぱいのばす。

フロアの隅々まで響くいとしの音。

ああ、俺の三胡ちゃんってばかわいすぎ。素直に従って音を発してくれる。

でも生意気な音に惚（ほ）れ、こうして共に奏でてもいる。俺ってば、わがまま。

ため息もれるいとおしさ。胸を心地よく圧迫しながら、旋律は最終地点へと走りゆく。

一つ一つの音を丁寧に紡ぎ、終曲（フィナーレ）。

「……カヲちゃんさあ」

息、深いのを一つ吐いて。鍵盤の前に座る彼女の元へと足を運んだ。そして、閉じたグランドピアノの屋根の上に腕と顔を乗せると、俺は言葉を紡いだ。

「ピアノ、完全にやめてはいなかったたっしょ」

指がこうも動くのだから、ピアノを奪われた後も、外で弾く以外に何かしていたはず。まだぽろぽろ音を鳴らしているカヲちゃん。鍵盤の上を動く手からは、〝荒れ〟というものが軽減されてきた。手を見た高岡のばあちゃんが、「嫁入り前の女の子がなんてことを！」と騒いだ、とかなんとか。油断できない状態ではあるけれど、高岡のばあちゃんがいれば治るだろう。

「少しだけ……」

問いを投げかけてから二十秒程の間をとって、彼女の口が動き出した。

「学校で弾いていた。紙の鍵盤と子供の練習用キーボードは、部屋で」

「なるほど。練習用だと鍵盤足りなくてイラつかなかった？」

「ついた」

「だよね」

どこでも気軽に演奏できるという点においては、すぐれた品ではある、もちろん。

「消えるの。途中から、ヘッドホンの音、ね。バンバン叩いて、弾いて。バレそうになった、伯母さんとかに」

彼女は、口を動かしながらも手の動きは止めなかった。話すのが得意ではないのに。

「アホだねえ」

そういうアホさは嫌いではないぞ。おかげで頭の中、どうにも複雑な音が響きだす。

窓へと目をやると、空は雲に覆われていた。なんだかこっちの気分までうつりそうだ。

「――にしても、優琉遅いなあ」

あいつを送り出して二日が経った。今日は約束の日。日曜日。

俺は、バイト先のフロアで優琉を待ちつつ、カヲちゃんと演奏をしていた。

店内に居るのは、シェフや一部の従業員だけ。だから、思う存分遊べる。とはいえ、二人ではまだ、こう……足りないんだ。

優琉との約束は八時半。今は十時過ぎ。

朝電話した時は「しつこい」「わかってるっ」「行くから！」という三言をもらった。

ゆったりと構え待っていたのは、それらの言葉があったからだ。

でも、さあ。遅いよな、これ。

「あの……」

顔を上げ、声の主を見据えた。目が泳いでいた。

「――それ」

放たれた音に含まれていたのは〝躊躇い〟。

カヲちゃんがちらりと見たのはピアノの脇にある、優琉のベースケース。あいつが寮を出た時手にしていたモノで、俺が今日三胡ちゃんと共に持ってきたモノでもある。

「なんで……あんたが？」

「俺もねえ、わかってないんだ」

昨晩、電話を受け向かったのは、俺もたまに利用するハード系の中古屋だった。パソコンから家電、楽器まで取り扱っていて、楽器だとエレキとシンセが多かったりする。そこに行けばいいって、到着した時には名前を言えばわかるようになっているから――って宮っちに言われ、向かった。門限まで一時間を切っていたから、詳しいことは訊かずに、ただ向かった。

着いた先で渡されたのは、ここにある——優琉愛用ベースが入ったケースだった。理解できずにいた俺の耳に入ったのは請求額を読み上げる、店員の声。

受け取り報告は、ＬＩＮＥで済ませた。そして時間をおいた今朝、あいつに電話をした。問い質すことはせず、普通に、今日来るんだぞって言った。

「……来る?」

みごとなまでの〝不安げな顔〟。向けられる想いに、

「来る」

なんて答え制そうとするものの、こっちだって不安なんスよ。いや、大丈夫だ。あいつなら強行突破してでも来る、ベースのために。

「なら、いい」

そう言って、カヲちゃんは鍵盤を見据えた。

すると、鈍い音が場に響いた、店のドア（下のフロアにある扉）に何かがぶつかるような音が。

直後から聞こえだしたのは、足音。

刻まれるリズムは乱雑で不安定。でも速い。

ほどなくして階段下に到達した。俺とカヲちゃんの視線がそっちへ向く。

聞こえるのは「コツコツ」ではないから、発信源は革靴を履いていない人物。優琉か?

正解だった。顔を出したのは、優琉、その人だった。が、様子がおかしい、気がする。

「わるい。遅れまくった」

俺らの前に来た優琉はさらりと、いつもどおりの声でそう言った。眉間に、見慣れた皺を作って。

こいつの言動は至って普通。なのに、〝違和感〟を覚えるのはなぜだろう?

優琉は、着こなしが難しそうなミリタリージャケットとカーゴパンツを、何食わぬ顔で身に纏っていて――見栄えよくてムカつく。

視線をあちこちに飛ばした優琉は、ベースケースの元で焦点を定めた。さっと近づき、左手でケースに触れる。そんなところもひどく――!?

擦り切れていた、ジャケットの右腕部分。その袖の先は――。

「どうして……?」

聞こえたアルトの響きは遠く。俺の視界は、真っ白になっていた。右手に巻かれた、包帯によって。

「わるい」

耳に入った優琉の声。

「〝わるい〟?」

感覚のない俺の口。なのに、言葉が出た。

「巻き方、雑。ついさっき自分でやった?　で?　医者には!?」

徐々に余裕を失っていった、俺の声。こんな声を出すとは悔しい限りだ。が、もうどうでもいい。

「何やってんだ？　気をつけて行動していたんじゃないのかよ。手の方が大事だから、この間は顔にアザができたんだろ？　なのに、なんだよ、その包帯は？　怒るぞ」

もう怒っているけど、声がものすっごく低くなっているけど！

優琉は自嘲めいた笑みを浮かべ、口を開いた。

「わるかった」

……はい？　言葉、それしか出せないわけ？

「まあいい」

一つ長い息を吐き……、身体の向きを変えた。ここで文句を言っても――だ。

俺は、優琉がやってきた方とは別の、すぐそこにある従業員出口へと歩きだした。

「あ、あのっ!?」

「三胡ちゃんヨロシク」

カヲちゃんを一言で制し、店を出た。優琉の気配を背後に感じながら。

＊

商店街は、ほとんどの店が十一時に開く。一方、駅周辺の店は開いて間もない。今は十一時前。だからなのか、商店街の通りをゆく人はまばらだった。主婦の大半がそっちに行っているようで、目に入るのは俺らみたいなコドモか老人だ。

よかったね、おっさん。来たのが〝今〟で。

「少しお時間もらえませんか」

俺は優琉の家――八百屋に着いたとたん、口を開いた。

「息子を大切に思っているんスよね？　けれど、同時にバカにしていますよ」

前振りする余裕なんてなかった。

優琉から話を聞いたわけではない。ただの推測だ。でも、この推測は間違っていないと心が言う。

だからおっさんは敵。優琉の手を傷つけた。黙ってやり過ごす、なんてできない。

「ああん？」

優琉の父親らしき中年男性はキャベツを整理していた手を止め、こっちを見た。俺を見て、その後ろに居る優琉を見て、状況を把握したようだ。

「あ～、うちのバカ息子の同級生か」

おっさんの背は俺らより低く、どちらかというと寸胴（ずんどう）。手足はがっしりとした筋肉質で、頭はいわゆる『スポーツ刈り』。温厚そうな顔ではあるものの、怒ると雷を落としそうな頑固親父（がんこおやじ）っぽい雰囲気の持ち主だ。姉弟の外見は母親譲りなのだろう。

「そいつ引き連れてどうしたんだ？　っと、どこまでやったっけか？　ああ、そうそう。ええっと、おまえさんが何を言っているのか、よくわからねえけどよ――ああ、答えなくていいからな。まあともかく、さっさとそいつ置いて帰ってくれ、な」

なんだそのテンポ。それに、何？　人に文句言われるようなことをしたのに、聞く耳持ってないのかよ。

「こいつの手を見て、ケガのきっかけはあんただと思ってココに来ました。間違っています？」

あの日の夜、優琉はベースを持って家に向かった。そのベースを奪って、売って、揉めて、ケガさせた――と想像できてしまった。寮暮らしの理由だって、この人が原因だろ？　数年前まで一緒に住んでいたんだ。音を聴いていただろうに……なんで、なんでわからない!?

この人は申し訳ないと思っている。だから俺の後ろに居る優琉を見ない。さっきの言葉だって、たぶん不器用だからあんな言い方になった。だとしても俺は気に入らないし、許せない。

体当たりで教育しなければいけない時だってある、と理解はしている。でも、〝躾〟とは感情でものを言うのではなく、道理や道徳や礼儀なんかを言いきかせ、納得させること――だと思うんだ。育てたことないから、よくわからないけど。子供の価値観でしかないけど！

「もう強引なのはやめてください。俺らは幼児じゃない。感情を表現する言葉、複数覚えたんスよ」

音楽やっているんだ。なおさら慎重にしてくれないと困るんだって。音ってのは、そんな簡単に出せるものじゃない。人それぞれ特徴がある。しかも、音にうるさい〝俺〟が認めたんだ。なのにこんなこと――っ！

「こいつの音、俺の一部なんス――」

この人のこと、感謝してはいる。優琉がここに居るのは、この人あってのことだから。でも、尊敬はできない。

「すっごく大切な音なわけ」

どうせ、ここまで言っても、その耳と脳では音を理解できないんだろ？　わかってる。わかってるんだ、そんなこと！　なのに、

「なのになんで――」

ダメだ。頭の中のネジ、限界。感情がぱんぱんになって、なって、なって、なって――。

「なんでこんなことできるかなあ？」

ああ、ダメだ！

「意味わかんねえ。なんでこういうコトできるんだ？　なんっなんだよっ」

「タケシ？」

音が聴こえる。

「人の音をなんだと思ってんだ？　簡単に奪いやがって。事故？　生きていればいい？　どんだけバカにすりゃ気が済むんだ、おまえらは！」

耳から離れないんだ、水音が。

「俺にはこれが――」

「おいっ!!」

頭、摑まれた。

そのまま力ずくで優琉の方へ向けさせられ、俺の目が細まった。

「……なんだよ?」

制す手を剝がし、唸る。

〝お前〟がやられたんだろ!?　なんで心配そうな顔で〝俺〟を見る?

わけわかんねえ。

「お前はさ～。弾けなくなったらどうすんだ?」

こいつの包帯はゆるみまくっている。こうも適当に巻いていては、包帯している意味ないだろ。ケガを治す気あるのか?

「その手を、自分の音をなんだと思っているんだ?」

ムカつく。こいつも、おっさんも、音楽わかってない人も、送り出した自分自身にも。

とにかくいろいろムカつく。

「わるかったよ」

ぼぞりと言われた。

「……反省、したんだ?」

優琉が包帯を巻き直しだす。

「やっと理解できた？　なら聴かせろよ、その音をっ」

俺は何を——意味不明なことを言っているんだ？　こいつは好きで手をケガしたんじゃない。咄嗟にかばって、かばいきれなかったんだ。なのに！

「わかった」

優琉は抑揚のない声を発すると、レンガが敷き詰められた足元にベースケースを置き、開いた。

「何を……？」

目の前にある包帯巻かれた手、ベースに触れた。

瞬間、数秒だけ優琉の体が停止した。が、その後はごく自然な動作でベースを右手で掴み、立ち上がろうとしやがった。

「——違う!!」

叫ぶと同時に、俺の右腕は空気を振り払うよう動いていた。

「その手じゃない！　俺が聴きたい音はそれじゃないっ」

さっき何を言った？　何をやっていた？

体内の血、潮のように引いていった。

倦怠感に蝕まれ、地に足をつけていることすらつらくなってきて——違う。〝なってきて〟ではなく、〝なっていた〟んだ。

優琉の手を見た瞬間から五感、ずっと麻痺(まひ)していた。

俺は顔を手で押さえ、その場にしゃがみ込んだ。そして、傍(そば)にあるベースに手を伸ばし、少し下へと力を加え制した。

「ごめんなさい」

言いすぎた。

余裕がなくなりすぎ、優琉のことすら考えられなくなっていた。なんのために来たのやら。

口元からもれた、薄笑い。

「手、治るんだろ?」

優琉の頭がゆっくりと動いた。目に映っているのは、青い顔で笑う高二男子の姿。

「たいしたことないんだろ?　さっさと治せ」

情けない表情の自分に顔を背ける。その時、ケガ人がため息と同時に苦笑をもらした姿、視界の端に入った。

俺は深く、深く、息を吐いた。

足元にはレンガ道。俺らには脚がある。優琉の手もベースを掴むことができる。

大丈夫だ。音は、ココにある――。

目をきつく瞑(つむ)り、いろんなモノを抑え込んで……。俺は脚に力を入れ、立ち上がった。

そして、おっさんを睨み、怪訝(けげん)な顔をしている中年に、

「プレゼントやるよ」

　ポケットの中にあった封筒を押し付けた。

　昨日、ザッズからもらったんだ、契約云々の紙をさ。そのコピーを入れたのがソレ。優琉もカヲちゃんも中身をまだ見ていないけれど、おっさんに一番に見せてやる。

「お邪魔しましたっ」

　踵を返しながら、鼻で笑った。

　数年後には痛感するだろう。自分の息子をバカにしていたと！

　俺の影、足元から斜め後ろへ伸びるようになった。雲の間から太陽が出てきたようだ。影を踏むか踏まないかの位置で動く、優琉の足。横目で確認し、口を開く。

「ほら。医者、医者」

　出た声、怒っているみたいだった。誰にも気づかれないよう下を見て、俺は笑った。

＊

　自室のドア。

　開けたところにあったダンボール箱。

　窓から射す陽で、白いダンボールまで赤になる。

　俺は届いた箱を眺めるだけで、封に手を出さなかった。

いつも数日置いてから開ける。覚悟が必要なのだ、この箱には。今回はどのくらいで開けられるのだろうか。

送り主――弟の巧実(たくみ)が書いた字、躊躇(ためら)いながらも指でなぞり、その指の腹を意味もないのに、見つめた。

6章　あたたかな音

1

冬休みが終わった。多くの人にバンドを知ってもらうためにも、大事にしたい期間ではあった。が、いろいろあったし出会って間もないし、こんなものだろう。

「うわ！　ホンモノの〝高校生〟だっ」

練習用に借りたスタジオ。そのドアを開けてやってきたカヲちゃんは、男子高(うち)と隣接した（というか、徒歩十五分程離れたところにある）女子高の服を着ていた。

バイト先には誰も制服で現れないし、うちは男子校。だから〝女子高生〟を間近に見るのって、新鮮。

「……そっちも高校の制服のようですが？　腐った？　わたしの目」

「ええ!?　義眼の手配した？」

「してませんっ」

カヲちゃんが声発した直後、ずんっと効果音みたいなベースが入った。俺らの視線がベースに向く。

優琉が呆れ顔で見ていた。——右手の傷、まだ痕が残っているけれど、治ってよかった(ガラスで浅く甲を切ったから血が止まらなかったらしい)。

「やるのか? やらないのか? 時間ないって言っていなかったか?」

「そうだった!!」

制服見たとたん、きれいさっぱり忘れてしまった。一時間半ちょっとでここを出なくてはいけないことを。

急かされ、カヲちゃんは壁側に置かれているピアノの前へと早足で進んだ。そして椅子に座って鍵盤蓋を開け——ようとしたところ、停止。

「あのっ」

強めのアルトが、弾く態勢に入っていた俺らを制した。

「質問、いい?」

……?

「どうぞ」

「時間ないの、なんで?」

「この後、録音があるんだと」

ええっと、二人の会話になっているんスけど?

カヲちゃんは時間がない当人ではなく優琉を見るし、優琉も平然とした顔で答えているし。否応なく疎外感を覚えてしまう。

「〝録音〟？」

ああ、やっと俺に話をふってくれた。

きょとんとした目を向けてくれるカヲちゃんに、少し笑って答える。

「あ〜。藍沢沙希のレコーディングっス」

卓越した技術が必要な楽曲を難なく弾きこなす、今旬のピアニスト。現役音大生のきれいなおねえさんで、帰国して一番に耳にした楽曲の奏者だったりする（空港の店で流れていたのだ）。

「ザッズ交渉時に、そのレコーディング参加を要求されたんだと」

「そ、そう……」

少しずつわかるカヲちゃんの癖。

声をかける時は「あの」で、動揺したり緊張したりすると〝どもる〟。顔は平静を繕おうとしても、声や言葉に表れている。本当、おもしろい人だ。

若干、カヲちゃんの顔が曇った。俺と演奏する人がピアノ弾きだから気に入らない、のか？　一緒に演奏すれば俺の名とバンド名がジャケットの隅に載るから引き受けただけなのに……（あ、バンド名どうしたものかね）。

実のところ、藍沢沙希の音に興味はない。有線放送で流れる演奏を聴いた印象は「機械じみていて気に入らない」だった。俺が好きなのは、感情や勢いまかせで発せられるカヲちゃんたちみたいな音だ。

「一緒に来る?」

どんな相手か気になるだろうし、一緒に来れば勉強にもなるだろうし。

「イヤ」

「そっか」

俺が口を閉ざすと、カヲちゃんの雰囲気が急激に変化。『機嫌が悪い』と字に書いたような、あからさまな顔になった。そして、そのまま凝視。

ええっと……、視線が痛い。

優琉に助けを求めた。が、目を逸らされてしまった。

ど、どうしろと? ——逃げるか。

「よおっし、はっじめっましょ~っ」

「ハジメマショウ」

か、カヲリさん。冷ややかな声で言い直さなくても。


杞憂だったらしい。

こうして演奏するまで、優琉の手を少し気にしていた。こっちの力をどれくらい出していいのか、わからなかったから。

そういった想いに気づかれていたのだろう。優琉は最初っから飛ばしていた。ベースの弦を高速ではじきやがるんだ、コレが。——かあっ、うるさいっ!

合わせられない期間「どんな曲をやるのかくらい決めておこう」ということで、三人が三人やりたいと思う曲を挙げ準備をしていた。けれど、選曲の意味がなかった。

カヲちゃんがリトル・リチャードの『Tutti Frutti』の主旋律を弾く――はずが、こっそり（?）スコット・ジョプリンの『The Entertainer』をまぜて弾いている。

『Tutti Frutti』自体ノリがいい曲なのに、そこに『The Entertainer』ってあんた。――かあっ、なんか悔しい！

一定の旋律を繰り返しながら、敗北感に苛まれる。でも、異様に楽しい。

きたっ！

優琉の個性的なベースラインから、カヲちゃんがすっと出てきて『The Entertainer』。でもすぐに戻って『Tutti Frutti』。で、また『The Entertainer』。

行ったり来たりを繰り返しながら躍る鍵盤。それをサポートしつつ、しっかり聴かせてくれるベース。

俺って偉くね？　この二人を見つけたんだぞ。

顔がゆるんでどうしようもない。いやいや、待て待て。元の顔忘れるって！

カヲちゃんが『The Entertainer』のラストを弾き、終わる――手前で優琉が出た。

『Tutti Frutti』の旋律をかすかに残し、独奏。

なんだよ、この速度。ベースのくせにっ！　俺もっと頑張って、こいつの手が絶対に届かないトコまでいってやるっ！

優琉のパートが終わった瞬間、がんっと『Tutti Frutti』。三人で突っ走ってラストまで。そして、無音。

数秒おいて……。

三人が一斉にごちゃまぜに弾いて。

終了。


「思ったんだけど」

演奏を終え、息を吐くと、俺は口を開いた。

二人に目をやる。不満そうな顔をしていた。また何かを演奏したいのだろう。でも、

「――他に何かしらの音が欲しい」

このメンバーだと、誰もが前へ出たくて仕方がなくて落ち着かない。だから、精神的にはもう一人必要だと思う。

優琉が大きく頷いた。

「大元の〝リズム隊〟が不在だな」

――だろ？　まあヘタに音を増やすと〝心地いい不協和音〟が〝ただの不協和音〟になる可能性もあるけどさ。

三胡ちゃんを抱えるようにして唸(うな)る俺。

ドラマーは探せば空いている人くらい居る。が、空いているというだけではダメなん

だ。俺らに合う人でないと。

ウォッカ経由で探せばいい人が見つかるかもしれない。だとしても、あの人たちは母さん側だから、紹介されても俺が微妙。

「意外と、リズム隊以外の〝ウワモノ〟を……」

などとカヲちゃんが口にし、途中で止めた。

そう。どのパートであれ、これ以上の音をどこに入れればいいのか、そこが問題なんだ。

沈黙。

思うことは二人も同じなのだろう。弦をはじいたり、空間を眺めたり、それぞれが異なる形で求める音を探す。

思わず、ため息が出た――と同時に、優琉が頭をわしゃわしゃと掻いた。

「オレは、不安定でもバランスが壊れなければ、それでいい」

「――だよねえ」

いい音を出す人と出会えたら、その時にいろいろ考えよう。そんな受け手に回っていても見つかるわけがないのだけれど、まずは……。

「広報活動してくる」

この体には分身がないから、目の前のことを一つずつこなしていくしかない。前は弟の巧実がかわりに――ああ、レコーディングに行かなければ。

カヲちゃんからの視線に気まずいものを感じながら、俺は三胡ちゃんを片付けだした。

＊

チェロが入るところだった。なのに無視して口を開いた。

「沙希さん、本番でもそんなふうに弾くんスか？」

その音でいいんだ？　そこにまじわれって？

「え？」

メゾソプラノの音声を発し、沙希さんの、鍵盤に触れる白くてきれいな手が止まった。

「なんのために俺いるんスか？」

レコーディングは予定どおり進んでいたようだけれど、そんなのある意味当然だ。あんた、自分で檻の中こもって、譜面通りただ弾いているだけじゃないか。

スタッフはこのままでいい——と思っていない。俺みたいなタイプを指定したのだから、そういうコトだろ。

だから、容赦なく言わせてもらうよ。

「そんな弾き方するなら、俺、いらないっスよね？　そのまま弾くなら帰っていいっスか」

精密機械が発した音に、三胡ちゃんを歌わせても楽曲が壊れて終わるだけだ。

それとも、俺に同じ弾き方をさせたかった？　だったら機械を使えよ。あんた、生身の俺に与えられた時間を軽視しすぎだろ。カヲちゃんたちとの演奏時間を割いてきたんだぞ。

沙希さんの顔が蒼白になった。今まで誰も指摘しなかったのか？　スタッフはずばりと指摘して弾けなくなられては困ると考え、やんわりと伝える程度で今日まで来てしまった、とか？

この人の音、幼少時の——ピアノを遊び弾く音を耳にする前の俺みたい。正直、気に入らないんだよね。

「ごめんなさい。十分程時間もらうっス」

ブースの外に居る面々に謝罪して、沙希さんに言った。

「ケンカしましょっか」

夕暮れ時、刻々と夜が近づく。一定の、遅すぎるくらいのリズムの後、走る。

家路を急いで進んで、橋の上へと足を出す。突然横から強い風やってきて、目閉じる。

——と、頭上に深い夜空。

音、途切れ途切れ。またたく星に少し見惚れ……

目、開く。

赤い夕陽、そこにはあって。リズム戻って。

どこからか、おいしそうな匂いがして、恋しくなって、また走る。

一曲まるまる、三胡ちゃんだけで弾いた。

ケンカしようと言ったけれど、沙希さんはついてこなかった。ピアノの椅子からじっと俺を見ていただけで、鍵盤があるのに一鍵(けん)も音を出さなかった。

「……こんな曲じゃなかったんスか？　俺の勘違い？」

曲、沙希さんが作ったことになっている。が、たぶん違う。別の人が作った曲を沙希さん名義で出していた。

だから余計弾けなくなった？　スランプで作れなくなった？　両方がまじって、もうわけがわからないことになっていた？

「すごいね。そんな音を聴かされたら、私……」

わずかに揺らいだメゾの音声。沙希さんは、凍(こご)えた顔を手で隠した。

泣いたのか恥じたのか、どっちだろう？　演奏するのがつらかったことに違いない、か。

「つらいなら、そういう曲を弾けばよかったんだ。嘆(なげ)きすぎた音だと商品には向いていないかも、だけれど」

そうやって自分と向き合う方法しか、俺は知らない。ソレすらできなかったのか？

「……私には、この世界は向いていないのよ」

「そうっスか？」

立ち上がれない体を周囲が支えている現状では、継続は難しいだろう。このままなら、ピアノの先生なり主婦なりになって、人の温もりを感じる世界で生きる方がいいに違いない。でも……。

「向いていないのなら、ココまで売れないっしょ。買ってくれた人を甘く見すぎでない？」

駄作（ださく）を売って買わせるのは、酷いことかもしれない。けれど、俺からすると今の発言の方が〝酷い〟。

「顔がいいってだけで、曲が立て続けにヒットすると思っているんだ？　ネットで高画質・高音質データが無料で手に入る時代に、公式のモノを買ってくれる人がいるのに？　顔狙いの場合、雑誌買って、たまにコンサート行けば満足だろ。曲なんて買うか？　仮にあんたが作ったのではない曲を、あんた名義で出していたとする。だとしても、作曲者名義の曲ってそんなに売れるか？」

そんなにも人を信じないで、よくやっていたね。

第一、向き不向きではなく、音楽以外の生活を選択肢に入れられるか――という大問題に気づかないんだ？

「ありがとう」

なぜ礼を言う？

やっぱり、気に入らなかった。

＊

スタジオを出ると、目の前にカヲちゃんが居た。ひと気のない暗くなった小路にぼうっと立って。

なぜに？

「あ！　え、ええっと」

彼女は出てきた俺に気づくと、おろおろと体を動かした。そんなところに居て見つからないと思っていたのだろうか。思わず苦笑。

スタジオの外灯を背にした俺は、そちらへと足を動かす。

「何してんの？」

別れた時と同じ制服姿で（コートとマフラーと手袋もしているけれど）眼前に居るこの人。どれくらいココに居たのだろう？

「そ、そっちこそ」

目を忙しなく動かしながら、

「――もう終わり？」

と訊き返された。

この人、本当に何をしていたのだろう？

ここに来た理由は想像が付く。でも、一歩間違えればストーカーっスよ？

——で。問いにはどう答えようか。

少し上を見て、俺は思考をめぐらした。

スタジオの中にはまだ大勢の人が居る。今、沙希さんはインタビューを受けながら、自分の音を模索中。スタッフは、今までしていたレコーディングがやり直しになるかもってことで、休憩に入った。もう少ししたら何人か出てくるだろう。……インタビューが終わったら修羅場と化すのかも。スミマセン、やらかして。

「あ～……。終わってはいなくて、〝今日は〟よくなった」

部外者だし、何より〝高校生〟だから——という事情から、沙希さんに活を入れただけで今日は終了。ここに居るのはそういう理由だ。

「〝今日は〟？」

「そう。明日もあるんだ」

カヲちゃん的には——だよね。目の前にある顔は予想どおりの険しいものになった。

俺の口から息がもれた。と、白いものが宙を漂った。陽が落ちたのだから外は寒い。そう思って出てきたけれど、今日はいつも以上に冷え込んでいるようだ。

カヲちゃんは、体を縮こまらせた俺とは違い、平然としている。白い息を吐いてもいない。

「体は？　冷えてない？」

訊いてみた。が、この人は正直に言わないよなあ。

「だ、大丈夫」

どもってマスヨ、カヲリさん。

まったく。風邪ひいたら演奏できないし、指を冷やすといろいろと厄介なんだぞ。

気になってスタジオまで来たものの、どうやって入ればいいのかわからなかったのだろう。かといって引き返すのは……と思い、ここでうろうろしていた――んじゃないかな。

ため息まじりに言葉を放ち、俺は小さく笑った。

「入ってくれればよかったのに」

だとしても、こんなコトで風邪をひかれては堪らない。

俺は首から下げていたマフラーをカヲちゃんの首にかけ、ポケットの中にあったカイロの封を切って手に押し付け、歩きだした（マフラーしているところに俺のマフラーをかけたから多少くるしいかも、だけれど）。

「え？　あ、あのっ」

後ろから慌ててついてくる足音。見なくてもどんな顔しているのかすぐにわかるのが、なんだか……。

「使っておいて。でないと俺が気になって仕方がない」

そっけない声を発しながらも、つい笑ってしまった。

俺、この人に弱すぎ。何自分のマフラー貸しているんだよ。こっちだって冷えたくないのにさ。

　歩く速度を少し落とすと、カヲちゃんが横に来た。

　彼女の口元はＷマフラーによって隠れ、奥がどうなっているのかわからない。が、目はものすごく真剣。黙々と歩いている。

　今は何を考えているんだ？　――あ。

「男臭い？　ならごめんなさい」

　カヲちゃんは目を大きくさせて俺を見た。のち、瞼を数回動かして視線を落とした。そして、足元を見ながら、

「平気」

　と、かすかな声で答えた。

　本当に？　あ、どもっていないから本当か。

　まあいいや。とりあえずアレだ。

「明日は一緒にスタジオ入ろう」

「えっ!?　な、なんで？」

　下を向いていた頭をぱっと上げ、俺を見てきた。でも、なんだかその目を見る気にはなれず、俺は前を見ながら口を動かした。

「レコーディングに立ち会えるかはわからないけれど、勉強になると思うんだ」

　角を曲がると、その先に強い光を放つ大通りが見えた。いろんな人が足取り速く歩いて

いる。

カヲちゃんはまだ、俺以上にいろんなことを知らない。優琉みたいにいろんな人と演奏したり、いろんな生音を聴いたりもしていない。だから、もっといろんな人と接して、いろんなところに行く方がいいと思う。そうすることで音は輝きを増す、はず。

それに、新生沙希音（しんせいさきおん）をカヲちゃんに聴かせてみたいし、何より、危ないから今日みたいに外で待ってほしくないし。

「じゃあそういうコトで、よろしく」

「……」

無言のカヲちゃん。

複雑な笑みを浮かべている気がしたから、俺は何食わぬ顔で大通りを見据（みす）え、小路を進んだ。

2

あの時、気づかせたのは、空から落ちる小さな雫たちだった。

道路なのか花壇なのか、さっきとは違う場所に横たわっていた。赤い場所に。

＊

「あ、こっちこっち」

そう言いながら、俺はやってきた人物に手招きをした。

「来なくても平気だったのに」

「だと思ったけど、なんとなく」

ホームルームが終わった瞬間に教室を出て、カヲちゃんが駅へ向かうのならココを通過するだろうと考えた俺は、女子高近くのコンビニの前で連絡を入れ、待っていた。普段スマホは、演奏の邪魔をしてくれたり、本の世界に乱入してくれたりする、気に入らないモノだ。でも、『今どこ?』ってやり取りができる、便利なモノでもある。持っていたおかげですんなり合流できた。なんて、こういう時だけ感謝する身勝手な俺。

カヲちゃんは顔に戸惑いを浮かべ、立ち止まった。実は夢見が悪かったんだ——という理由は格好悪いから言わない。そんな顔させてごめんなさい。

俺はふっと苦笑をもらすと、体の向きを変え、足を進め……。数秒遅れで鳴り出した足音。そのテンポは速め。ゆっくり歩いたつもりだったのに、どうもうまくいかないなあ。

歩く速度をゆるめ、ちらりと後ろを確認。

……なぜ生脚（なまあし）？

小走りになっていたカヲちゃんは、制服の上にコートを着ているものの、他はクルーソックスと手袋とマフラー程度しか身に着けていなかった。ふくらはぎから腿あたりは素脚。

そういえば、昨日も脚を出していた。そんなんで、よく長時間、外に居られたなあ。

「優琉は？」

「え？〝優琉〟がどうかした？」

突然訊かれても〝俺〟はわからない。

「今日、来ないの？」

なぜ？

昨日の様子からして、誘っても〝我関せず〟を貫いたと思う。それに、今日はバイトなのかサポートを頼まれていたのか、急ぎ足で校門を通過する姿を目にした。誘うまでもなくムリだったんじゃないか？

「来ないよ」

「……そう、なんだ」

数秒遅れの返事には、感情が乗っていなかった。

俺とでは気まずい、とかだったのか？　ゴメンナサイ、二人で。――この人と居るのって、難しい。

午後三時過ぎ。もう空が夕方みたいな色になってきた。夏はまだ遠い。

　夏のお祭り気分は、結構好きだ。騒いでいるうちに過ぎていく感じがする。ひっそりした冬より、騒がしい夏の方がいい。雨より晴れがいいし、赤より青がいい。いや、冬も雨も赤も——嫌いだ。

「あの……」

「ん？」

　顔に微笑(ほほえ)みを作って訊(き)き返した。

　なんだか、ゆるめた口元の感覚がおかしい。硬い表情で空を見ていたようだ。

「他意(たい)はないの、優琉のこと。ただ気になっただけ」

「そっか」

　そういうことにしておく。

　次の角を左に曲がると、通行人の多い道。その角から、自転車に乗った恰幅(かっぷく)のいいおばちゃんがやってきた。前カゴに載せた袋からは大根やネギの葉が飛び出し、元気よく揺れている。

　俺は横を歩くカヲちゃんの肩を引き、壁側に来させた。そして自分は車道側に立ち、自転車が通過するのを待って……。

　稚拙(ちせつ)ながらもハンドルを一生懸命操作しているおばちゃんのネギは、俺らを避ける際、ぐにゃりと折れた。なんだか気の毒。

「——あ。〝紳士〟っぽかったよね、今の俺」

自転車の後ろ姿を見ながら、そんなことをふと思った。

「言わなければ」

片笑みを返された。

「そっか。そりゃそうだ」

俺は〝いい人〟ではない。当然〝紳士〟でもない。いつも自分のことしか考えられていなく、カヲちゃんをよく小走りにさせる。そんな人間だ。

自覚はしている。が、〝いい人〟や〝紳士〟になりたいとは思わない。自分が生き続けることで、知らないうちにいろんな人を傷付け犠牲を出してしまうもの、だろ？　だったら、身勝手でも自分の思うことを貫いて生きるのが礼儀なんじゃないかな。

こんな考えを持っていることこそが、〝一番の身勝手〟なのかもしれない。それでも、俺にとって大切なものは、当然「守りたい」と思う。だから、行動させてもらう。

カヲちゃんの手元に、自分の手を出した。

「寒くない？」

その心を傷つけるのかもしれない。けれど、不安なんだ。その手が傷つかないかと。

目の前の人は動揺している様子で、頻繁に瞼を開閉させた。すると俺からぱっと視線を逸らし……自身の手元を見て、頷いた。

一瞬、不満そうな顔をされた。冷えが不本意なのか、照れたのか、感情を殺したからなのか。わかりやすい人なのに、時々わからなくなる。でも、たぶん。そうなるのは俺の言動の所為（せい）だろう。

カヲちゃんはおずおずと手を出してきた。その手に向けて、俺も手を動かした。と、接触するかしないか――の距離で、ぱっと手を掴まれた。

互いの手がつながると、カヲちゃんは顔を背け、止まっていた脚の動きを再開させた。

彼女の歩幅に合わせて歩き、駅へと向かう。お互い手袋をしているから今日もわからない体温。それでも、少しだけ心身（からだ）があたたかくなった気がした。

……巧実（たくみ）。俺、今度は失わないようにするよ。

手を少し、後ろに引っ張られた。

カヲちゃんを見る。と、空いている方の手でバッグを漁（あさ）っていた。

「マフラー、洗濯してるから……」

差し出されたのはストライプのマフラー。どこかで見たことがある。

「あ～。父さんの」

昔、写真の中の父さんがこれを着けているのを見た。

なるほど。カヲちゃんは今、高岡のばあちゃんたちと一緒だもんな。

「……余計なことだった?」

目にしたまま受け取らずにいたからか、不安そうな顔をされてしまった。

「いや、ありがとうございます」

カヲちゃんの手を離してマフラーを巻いた。こんなところで昔の父さんと遭遇するとは。

再び手をつないで――。

この地に居た頃は、カヲちゃんや優琉のような人と知り合い、仲間になれるなんて想像すらしていなかった。あの頃一緒に居たのは弟――巧実で、合奏相手も巧実だった。たまに親やウォッカのメンバーと遊んではいた。でも、同年代でこういう関係を築いたのは初めてで……なんだか不思議だ。いつも一緒だった巧実とも、こうして長い間離れ離れでやっているし。とにかく不思議。

「――そうそう」

肝心なことを言っていなかった。

「遅くなるようだったら先に帰ってくれてかまわないけれど、なるべく送らせてください。俺の心の平穏のために」

本音は最後の言葉。カヲちゃんを心配しているんじゃない。だから、捉え間違えないで。――という思考を通り越したところに彼女は居た。

「きちんと帰りますっ」

睨まれ、手に力を入れられた。

何を言っているんだ？　っていうか、そんなに握り締めないでほしい。

「寮を張らない。時間、有効活用してピアノ弾く」

あ、ああ。昨晩俺を張っていたから、警戒されていると思った？　だったら今日誘っていないし、手をつなぎもしないって。おもしろいなあ。

「そういう意味ではなくて。単に俺が置いていかれたくないんです。一緒に居たいんです」

これ、願い――だと思う。

カヲちゃんは目を丸くさせた。と同時に、手に加わっていた力が消失した。そして、真顔になると、こっちを見ていた目を動かした。進行方向を見据え、無言で脚を進め……。

――理解してくれたのか？

手をつないでいるのに訪れた沈黙。妙に気まずい。

十歩程進んだ時だろうか。

「なんのこと？」

「……へ⁇」

簡潔すぎる文を放たれ、俺の頭の中に『？』が飛び交った。

「わたしにだけ言ってる？」

再びこっちを見たカヲちゃんの目は、鋭い。

「武史、ヘン。いつも以上に」

失礼なことを、あっさりと言ってくれる。

まあ、確かに今日の俺は〝俺らしくない〟ように見えるかもしれない。だとしても――。

「いつもこんなんだよ。自分の気分で動いているから」

どこも変わっていないし、成長だってしていない。

「そう、だけど」

返す言葉が見つからないのか、カヲちゃんは柳眉(りゅうび)を曇らせ、口を噤(つぐ)んだ。

……勘がいいなあ。

まっすぐ行けば、駅。電車に乗って降りて、スタジオに入って……レコーディングが終わるのはまだまだ先。ここに戻ってくる頃には陽(ひ)は沈みきり、空の色は打って変わったものになっているだろう。――赤に染まる街を見ないで済む。

「ヘンだとしたら――」

俺は手の中にある感触を指で確かめ、冷えた声で言った。

「寒いから」

＊

レコーディングスタジオのコントロール・ルーム前の廊下にある長椅子に座り、一時間程。ひと気のないここでカヲちゃんと二人、宿題をやったり、楽譜(スコア)を見たり、音楽を聴いたりしながら出番を待っていた。

一度だけ中を覗(のぞ)いたのだけれど、昨日から服が変わっていない人が何人か居て、伸びてきた髭(ひげ)を剃っていない人も居た。沙希さんの格好も昨日と同じだった。

今日の彼女の音がどんなものか、俺はまだ知らない。でも、変わったというのは雰囲気でわかった。みんなしてずんっと重い疲労を背負いながらも、なんだか楽しげなのだ。今の音を聴くのに躊躇いを覚えるほどに。プロだもの、あっちは。……うん。楽しみでもあるんだけどさ。

「どんな人？　沙希さんって」

入り口にある自動販売機で買った缶コーヒーはすでに飲み干し、たまに思い浮かんだことを口にしては黙って——ってのを繰り返し中の俺ら。

「あ〜。昨日の状態しか知らないからなあ。わからない」

第一、カヲリさん。俺が沙希さんのことを口にすると怒るんでない？

「ふ、ふ〜ん」

カヲちゃんはそう言って、中断していた数学のプリントに向き合いだした。

なんだこの気分。〝妻に浮気していないかと探られる夫〟みたいな……。

こっそり息を吐き、俺は見ていた雑誌のページをめくった。寮の部屋にあった雑誌の中に、見たことのないものがあったから、ちょっと拝借したのだ（ルームメートの品を勝手に、だけれど）。

京都と奈良が特集された旅行雑誌。あいつ、旅行でも行く気？　と思ったものの、見ていたのは建築物だとか仏像だとか……、そういうトコロだろう。

「旅行？」

カヲちゃんが、シャープペンを走らせながら言葉を放った（彼女にしては器用なコトをする)。

「これ俺の本じゃなくて、ルームメートのだよ。行く予定なんてないって」

「……そうなんだ」

俺らの会話は、ずっとこんな感じだ。

基本的に話のネタなんてない。学校での出来事を話しても他校生には通じないだろうし、俺はTVだってあまり見ないし……。カヲちゃんもカヲちゃんで、バイトの合間にピアノ弾いていたような音漬け人間だ。俺同様、「昨日のTV見た?」などという、一般的な会話ができるとは思えない。こんなんでよく俺に付き合ってくれたなと、感謝していたりもする。

「あ、もう終わり?」

カヲちゃんが、出していた筆記具とプリントをバッグの中に入れた。このまま帰る——のではないらしい。今度はバッグの中から飴を取り出し、それを口に入れた。

「終わった」

飴をこっちに差し出しながら、「当然でしょ」って顔。

横から見ただけで正確なことはわからないけれど、問題数多かった気する……。すんなり解ける脳がうらやましい。

口の中で広がったのはミルクコーヒー味。さっきまでカヲちゃんが飲んでいたものを思い出させられた。そういえば、いつもカフェ・オ・レを飲んでいる、かも。

なんて思っていたら、コントロール・ルームのドアが開いた。中から誰かの手が出てきて、「来い」という合図。案外早かったな。――待てよ。これって……覚悟が必要？　新生沙希さんは相当キテるのか？

長椅子とくっついてしまった尻を緩慢(かんまん)な動作で引き剝(は)がし、俺はカヲちゃんを見た。

「中、本当にいい？」

カヲちゃんも、少しなら入っていいことになっている。けれど、さっきは入らないで「ここに居る」と言われた。目の前のピアノを弾けなくてイライラしそうだからって。でも、それだとなんのためにスタジオまで来たんだ？　つれてきたのは俺だけれど。

カヲちゃんは苦い顔をし、頭を縦に振った。

「そっか」

残念に思う。のに、少しほっとした。

今の沙希さんが相手だと、本気で戦うことになりそうだ。喰(く)われる可能性もある。だから、情けない姿を見せたくない。が、このまま中に入るのは、なあ。

気が引けた俺はカヲちゃんに渡した、見ていた雑誌を。

「いってらっしゃい」

ほんのり、せつない笑みをもらった。

＊

あたたかかった。

母性に満ちた、泣きたくなるほど恋しく思う、そんな音だった。沙希さんのピアノ。夕陽、決して物悲しくはなく。夜、決してせつなくはなく。すべてが慈しみに満ちていた。

手の届かないもの——欠けた部分、思い知らされた。

ああ、カヲちゃんのところに行きたい。あの音、あの声聴きたい。

帰りたい。大好きな人たちの待つ場所へ、あの時へ。

まるで沙希さんのピアノを目指すかのように走っていった、俺の音。

＊

ドアを開くと、カヲちゃんの姿はなかった。長椅子に荷物もなかった。

帰ったのか。

それは……少し心配だ。けれど、好都合かも。

一緒に出てきたスタッフに挨拶をして別れ、コートを着て、マフラーを首にぶら下げて、チェロを背負い直して、出口の扉を開いた。とたん、出たのは深いため息。胸の中に広がるものの密度が高くて、どうにも息苦しい。

外が暗くてよかった。

時間は、七時くらいか？　空は濃い藍色。建物の明かりの所為か、星は見えない。

ほわっと白い息が出て、空を見ていた俺の視界を濁らせた。

ああ。呼吸、邪魔。心臓、くるしい。

マフラー、このままでいいや。でも、手袋はしないと。

コートのポケットから手袋を取り出し、手にはめ、足を進めた。

数歩進んだ時、

「あ……」

前から、聞きなれた声がした。

「終わったの？」

そう言いながらこっちにやってくるのは、カヲちゃん。もこもこの繊維で覆われた手にはエコバッグがあって――うっすらと見える中身は、おにぎり。

まだ居たんだ……。

前まで来て止まったカヲちゃんは、俺の顔を見て目を瞬（しばたた）かせた。そして数秒視線をうろつかせると、エコバッグに手を突っ込んだ。

「いる？」

差し出されたのは焼き醤油味のおにぎり。

——はあっ、この人はもう。

「あ、あの？」

アルトの音色。入ってきた、〝耳元〟から。

気づいた、自分のしたことに。

俺の両腕はカヲちゃんの肩にあって、頭を覆うようにしていて。抱きついていた。

良くないよな。〝俺〟がやってはいけないコトの一つだろ、これは。

と思いはするものの、細い肩を抱く己の腕に顔を押し付けているものだから、動けなかった。動いたら、俺の中のモノが出てきそうで、見せられない顔になっていそうで。

俺、バカなんだ。自らくるしんでいるようなものなんだ。なのに、こうやって甘えてしまう。

この世界から抜け出せなかった。抜けられていれば、もう少し楽だったのかもしれない。俺はカヲちゃんのただのスポンサーになっていて、カヲちゃんは今頃音楽に没頭していて、互いに悩みのない生活を送れていたのかもしれない。

バカだなあ。

体、たえきれずに震えた。

今まで耳にした大切な音が、頭の中で一斉に鳴りやがる。おかげで、その時の思いが否応もなく蘇ってきて、堪らない。くるしい。

沙希さんの檻、破壊したのは俺だ。

あんな音が奥にあるって、こんな思いするって、事前に知っていれば、言動に気をつけた。檻に触れることなく、三胡ちゃんに機械じみた音を出させ、受け流していた。

ああ、もう。……バカすぎる。

後ろで、かすかな音が鳴っている。エコバッグが揺れる音だ。

俺が抱きついているというのに、カヲちゃんはただ立つだけ。何も言ってこない。手もほとんど動かしていないのが音でわかる。

なんで？　今のは〝手をつないでいる〟なんてものでない、のに。

「なんで待つんだ？」

発した俺の声は予想以上に小さかった。

「殴ったり、叩いたり、なんでしないんだ？」

俺が大事なのは〝音〟だ。ソレを知っているのにここまで許すんだ？

顔を動かさずに訊き直した声はそっけないもので。カヲちゃんに申し訳ない――なんて頭の端で思った。

「わからなかった。どうすればいいのか」

「……そう。なら途方に暮れ続けて。痛いのはキライだ」

甘えていいって言うなら、甘えさせてもらう。俺が〝俺〟に戻るまでそのまま動かずにいて。

寒空の下だというのに、温もりが腕の中にある。

男とは違う、ふんわりやわらかな匂いがして、好きな音声が耳元にあって、息までしっかり聞こえるから、イヤじゃない。

そう、カヲちゃんは〝女の子〟だ。〝漢前な音〟を出す〝女の子〟。だから、安心するのかもしれない。

酷い人間だな、俺って。本当に、どうしようもなく。

「あの……」

宙に放たれたアルト。

「何、あったの？」

ささやきにも似た音量。

「あったんでしょ？　レコーディングで」

いい声。

もう少し聴いていたい……。ところではあるものの、この人、勘違いしているっぽい。

「何もないって。仕事は充分すぎるくらいやってきた。沙希さんにも、スタッフにも、ザッズにも感謝されるような働きをした」

だから、こうなったんだ。

「ふ、ふ～ん」

なんだよ、その返事は。

「気になるなら入ってくれればよかったのに」

声に若干、苛立った響きが入ってしまった。それに気づかれたのか、カヲちゃんに一つ息を吐かれた。

「こうなるって知っていれば入った」

「……へえ。カヲちゃんが中に居れば、俺、今頃は別のトコ行って、別の子に抱きついていた。その方がよかったよね、残念デシタ」

厄介な関係を〝さらに〟厄介に～なんて、させたくないもんね？

「〝別の子〟？」

カヲちゃんの声が硬くなった。そして、

「……優琉？」

口にされた名に、意表を突かれた。なんでそうなる？

「優琉は〝男〟だけど？　ゴツゴツしていて気持ちよくないって」

「――居るんだ？　抱きつける子」

「居る」

一音さんと、三胡ちゃん。こっちにはそのくらいしか居ないのが残念だ。

ごんっと革靴の先で蹴られた、俺の脛。

「イッタ！」

硬い革での攻撃をもろに受けてしまった。脚を動かし痛みにたえる。が、

「痛くしているのっ」

と声を荒げたカヲちゃんは、もう片方の脚を狙いだした。同じ箇所を何度も蹴ってくる。

「こ、降参、降参っ！」

俺は大急ぎでカヲちゃんの肩から顔を剝がした。

「ありがとうございました」

身を剝がします。圧迫していた音、だいぶ治まってきたし——ってのは、痛みで？ではなく、話したからだと思いたい。

「武史……」

カヲちゃんから腕を放す、と、目が傍にあった。戸惑い揺れる瞳を逸らすことなく向けられていた。

言われる？ ついに、はっきりと、耳にしたくないことを。

「訊きたいことがあるんだけど」

あ、違うか。と、なると……〝訊きたいこと〟か。

何を尋ねたいのかはわからない。でも、うまく答えることなんて、ムリだ。

「それはまた今度。きちんと答えるから」

だからもう少し時間をください。

俺、ズルイ奴なんだ。一緒に音楽やろうと声をかけたくせに、多くのことを伝えていなかった。

「巻き込んで、ごめんなさい」

けれど、必要なんだ。

表情、笑みで繕(つくろ)えそうもなくて、カヲちゃんの肩に、再び顔をうずめた。

「違う……。巻き込まれにきたのはわたし」

そうため息まじりに言って、カヲちゃんは頭を撫(な)でてくれた。手袋の繊維が頭皮に当たって、少しくすぐったかった。

7章　こびりついた音

1

走れ、走れ、走れ！

視界を掠めるあの幻影を後方に、前へ、前へ、前へ！

幻影を乗せるな！　振り払い、音を放つんだ！　光る音を!!


「なんでそんなの彫っているんだ？」

演奏を止めた俺はチェロをスタンドに立て掛け、口を開いた。前々から、よく彫るなあと思っていたんだ。

「……なんとなく」

手は止まっているものの目は定位置にあるルームメート――修から、単調な声が返ってきた。

こいつはいつも、木片によくわからない装飾を施したり、木製パーツを作って模型を組み立てたりといった作業をしている。木材を使った創作活動が趣味なのだろう。最近は、何体もの仏像を彫っている。楽しいのか？　理解できない。

「先に言っておきますが――」

視線に気が散ったのか、修は彫ろうとしていた手を下ろした。

「存在どうこうは訊かないでください」

それを訊くなということは、信じていないから彫っている、とか？　いや、信じている自分が恥ずかしいから訊くな、か？　まあいいや。俺は神も仏も信じないけど、人がそれらをどう思っていてもかまわないんで。

「自販機行ってくる。なんか飲む？」

修は作品を見据え、平然とした口調で

「おごりなら。『おしるこ』を」

と言葉を発した。

「……ええっと。寮の自販機に入っていたっけ？」

気づくと、修の手はリズミカルに動きだしていた。俺は困惑しながらも、静かにドアを閉めた。

一階にまで下り、玄関付近の寮監室兼受付の横にある自動販売機に小銭を入れた。

点灯した複数の購入ボタンの中から『ブラックコーヒー』のボタンを押して缶を出して、『おしるこ』のボタンを押して（取り扱っていたのか……）缶を出して――っと。

「おれのもヨロシク〜」

自動販売機によって半分だけ使えなくなっている窓。そこから、妙に軽い声がした。

「普通、侵入現場の目撃者にタカルかな」

侵入者——ワダさんが、窓を通って中に入ってきた。すると、一瞬にしてワダさんのメガネが曇った。

時刻は夜十時過ぎ。

上下ジャージ姿でマフラーを首に巻いているだけの軽装備。ジャージの腹あたりが、ぼこぼこと不自然な形で飛び出ている。寮を抜け出し、近くのコンビニに行ったのかもしれない。

ワダさんは、脱いだスニーカーを手にした後、

「コレ」

空いている手で『コーンポタージュ』の、やや右横を指差した。そして、メガネを外し、ジャージでレンズを拭いた。

「……前の情報料は払ったっスよ」

なぜこの状況で俺がおごることになる？

「あっそう？　なら教えない」

「はい？」

「知りたければコレ」

メガネをかけ直した今度は、『コーンポタージュ』を指差した。――って、だから、どんな情報を持っているんだよ。

「外寒かった～。凍え死ぬかと思った」

その格好だから当然だって。

「このままだと彼女危ないいんじゃない？」

「……へ？」

「なんて言う子だっけ？　さっき聞いたんだけど、上も下も名前みたいな――」

「買うっス」

俺が知る、苗字が名前のような人物といえば、『深雪香織（みゆきかをり）』しか居ない。

閉じた財布を再び開き、俺は機械の口に五百円玉を押し込んだ。

商品購入ボタンのライトが点いた。瞬間、横から指がさっと出てきて、『コーンポタージュ』のボタンを押した。

「ワダさん……」

呆れる俺を尻目に、ワダさんは出てきた缶を素早く取り出し、蓋を開け口にすると、深く息を吐いた。

そして、寮の出口――鍵がかかっているガラス製の玄関ドアに、指を向けた。

「あそこ。門の外に居る」

〝居る〟？　……なんで？

今日は俺、単位が危ないものだから特別授業があって（昼休みに演奏をするとつい午後の授業を忘れてしまうのデス）、優琉はバイトがあって（何のバイトかは不明）、カヲちゃんは学級委員の仕事があって——それぞれ事情があって会わなかったし、来るって話を聞いてもいなかった。

「待っているのって、俺？」

ワダさんは少し渋い顔をすると、

「知らん。てっきり、以前探していたおまえに用かと思ったんだけど」

と口にし、去っていった。

……なんで??

外に居る理由がわからない。ってことは、待っているのは俺じゃなく、優琉、だよな？　などと思うくせに、放っておけそうになかった。カヲちゃんなら、「どう呼び出せばいいのかわからなくて」という理由で、長時間外をうろつくことも有り得るだろ？

……優琉、早く来いよ。

口から大量の二酸化炭素がこぼれ出た。

＊

俺はまた自動販売機と向き合い、『あったか〜い』の中にある一つのボタンを押した。

ワダさんの言うとおりだった。寮監に開けてもらった門の外に、カヲちゃんが居た。しゃがみ込み、手袋に包まれた指をコンクリートの上に押し付けていた。何を弾いているんだ？

放った息が白い煙となって視界をうろつく。

アウターがないことが悔やまれる。いや、時間が惜しいと思い、このままの格好で来たのだけれど。

俺は缶を抱きしめるようにして身を縮め、カヲちゃんの横にしゃがんだ。とたん、彼女の手が止まった。手の動き、見たかったのに。

「遅い」

顔を上げたその人に、鋭い視線を向けられた。

「ええっ？　待っていたのって優琉ではなく、俺⁉」

カヲちゃんの目が大きく開かれた。のち、ため息をもらされた。

「見ていなかったんだ」

「へ？」

「ＬＩＮＥ」

「え？　くれていたんだ」

まったく気づいていなかった。

――あ？　スマホどこ置いたっけ？

手には缶。ポケットには財布。出てくるまで手にしていたものは、チェロ。

どこだ？

記憶を手繰る俺。そんな姿を見たカヲちゃんが、苦笑をもらす。

「弾いてたの？」

「あ〜、うん。気づかなくてごめんなさい」

結構な時間弾いていた。それに、寮に戻ってからスマホの存在を忘れていた。

どれくらいここに居たのだろう？

まじまじと見たカヲちゃんは、肌を刺すような気温の中にもかかわらず、いつもと変わらぬ顔をしていた。

「どのくらい居た？　寒くない？」

「平気。我慢できなくなったら、優琉呼んだ」

確かに。――ん？　〝我慢できなく〟って、この人、寒空の下に結構な時間居たのでは？

――ダメだ。これ以上ここに居たら風邪ひくぞ、お互い。

不覚にも、身体が震えてしまった。

「寒い？」

俺より冷えていそうな人に問われ、曖昧な笑みを返してみた。すると、カヲちゃんは膝の上に乗せていた白い紙袋（そんなもの持っていたのか）に、手を突っ込んだ。

「返す」

頭に、何かをぽんっと乗せられた。手を伸ばし、件のものを引っ張ってみた。貸していたマフラーだった。

「おお～！　ありがとうございますっ」

自分のモノでも、こういうタイミングで出されると、本気でありがたく思える。不思議。

俺はいそいそとマフラーを巻いた。すると、おいしそうな薫りが、鼻腔をくすぐった。マフラーにしみ込んだ薫り、なんだかなつかしい。なんの薫りだっけ？　思い出せない。

「──なるほど。返しに来たのか」

返すのなんて会った時でよかったのに……と思ったのだけれど、

「違う」

と言われ、俺は瞼を開閉させた。

「覚えてないの？」

「何を？」

「はあああっ」

盛大に、長いため息を吐かれてしまった。

なんだ？　俺は何を忘れている⁇

息を出しきったカヲちゃんは、〝かわいそうな子を見る目〟に近いソレを向けると、今度は短い息を吐き、口を開いた。

「誕生日でしょ、あんたの」

〝誕生日〟？　俺の誕生日は一月の——。

「本当だ」

少し前まで覚えていたというのに、肝心な日に忘れてしまっていた。

「……人にプレゼントを催促し忘れるとは」

目の前の人が呆れ顔になった。が、瞬きを二、三回すると、ふっと息を吐き出し、次の瞬間にはくすくすと笑いだした。

いや、だって寮や学校に居る野郎が、同じ〝野郎〟に誕生日プレゼントをくれるわけないだろ。「何かおごれ」と催促して回るなり、プレゼントくれそうな人に会うなりしないとムリだ。今日はバイトがなかった。だから異性と接触していなかったし、寮ではほぼ部屋から出ずに弾いていたし、学校で昼食をおごってもらうという絶好の機会があったのに普通に買ってしまったし……損をしまくった。あれ、プレゼントくれるようなタイプと友人じゃないってだけか？

すでに、今日という日が終わるまで、百二十分を切っている。

家族からの連絡は——スマホに何か入っているのか？　放置していたためわからない。でも、うちの両親は誕生日に何かくれるとしても、曲を聴かせてくれるくらい（しかも、寝ていようと叩き起こす強引さで）。かなりの頻度で留守録に曲を入れられている俺としては、ちょっと、嫌がらせかと思ってしまう。巧実は……どうしているんだ？

視界が、急に白くなった。

見るとカヲちゃんが紙袋をぐいっと押し付けてきていた。さっきマフラーが出てきた袋だ。

ええっと。何?

困惑しつつも手を出し、もらってみた。

いい薫りがした。マフラーと同じ薫りだ。

嗅いで、中身を想像。

「……?」

「犬」

ぼそりとツッコまれた。しかも絶妙のタイミングで。さすがだ。

ちらりと眼前の人を見た。複雑な表情を作っていた。――苦笑でもしているのかと思ったのに。

「おばあちゃんとケーキ作った。遅くなったけど……入る、でしょ?」

「〝おばあちゃんとケーキ〟? ……あ。誕生日だから! ソレかっ」

幼い頃よく食べていたアップルパイ。誕生日になると、高岡のばあちゃんが必ず作ってくれていた。おいしくて大好きだった、高岡家の味。

認識したとたん、胸がじくじくした(――って、パイはケーキだっけ?)。

「去年も作っていたみたい」

知らなかった。

俺は帰国後、二日間だけあの家で生活した。それ以降は行ったとしても家の門の前まで。カヲちゃんをつれて行った時だって、中に入っていない。基本的に連絡を入れることはないし、あっちから電話がくることもない。というのに、高岡の二人、ずっと俺のことを気にかけてくれていたのか。

なんか……くるね、胸に。

「わるいコトしたなあ」

でも、だからこそ――。

「わたしも作った、一緒に」

思考を遮(さえぎ)ったアルトには、非難が含まれているっぽい。

「食べる、よね？」

カヲちゃんは俺に、炯々(けいけい)とした目を向けてきた。

この人、なんでそう思ったんだ？　時間が時間だから、ってだけ？

正直、これを渡されても微妙な気分だったりする。「俺だけ食べていいのか？」と、あっちに居る弟のことを思ってしまうから。まあ、食べなかったらあいつは怒るんだけどさ。

「食べます。あ、俺とルームメートと、優琉、の三人で食べていいかな」

量が多そうだし、合作とはいえ〝カヲちゃんのお手製〟でもある。声をかけるべき、だろ？

俺の問いを受けたカヲちゃんは、瞼(まぶた)をぱちぱちと動かし、「元からそのつもり」と答えた。

そんなに大きいものを作ったのか？　寮生だし、年齢が年齢だから多めに作ったのか？

「ケーキはパイ派なの」

「……へ？」

「わたしも優琉も」

「う、うん？」

「迷惑かけていたんだ、昔」

理解しようと必死に働く、俺の脳。休む時間を与えさせない、カヲちゃん。

「料理うまくなくて。見た目ぼろぼろで。でも、食べてくれて」

ええっと。……優琉が？

「だから、食べてほしい。きちんとできたモノを」

あいつ、イイ奴すぎてイタイな。

それにしても、なんなんだ？　このアップルパイは。

高岡のばあちゃんにとっては、『バースデーケーキ』なのだろう。でも、カヲちゃんにとって、コレは、何？

「ありがたく、みんなでいただきます」

引っかかるものがある。なのに、安堵(あんど)を覚えた。——そうだ。

「あったかいヤツ、飲むっスか？」

　ここまでしてもらったのに、今の俺ができることといえば缶の提供。安すぎる。

「どれがいい？」

　買っておいたブラックコーヒーとおしるこ――と、カフェ・オ・レ。三本の缶を、カヲちゃんの前に出した。

　カヲちゃんは三秒ちょっとの間、二本の缶に視線を彷徨（さまよ）わせた。のちに、指を動かした。

　――そ、そう来たかあ。

　選ばれたのは、自分用に買っておいたブラックコーヒー。これによって、俺の夜食はアップルパイとカフェ・オ・レの組み合わせに決定。甘そうだ。

　カヲちゃんは両手で缶を持って、平で転がしながら手をあたためだした。この様子では、しばらくカイロ代わりにして、飲まないかも。――むしろ、それ、飲めるのか？

「カフェ・オ・レは？　本当にそれで平気？」

「た、たまには」

　どもってマスヨ？

　この人がブラックコーヒーを選んだワケって……。ヤバイ。心臓あたり、痛い。

「それは？」

　カヲちゃんの視線が、おしるこに向けられた。

「誰の？　武史（たけし）のではないでしょ」

「ああ、ルームメートのだよ」

やっぱり、俺の好みを覚えていたか。

「この時間に？　胃、もたれない？」

同感。


「アップルパイげ〜っと！」

部屋のドアを開けながらそう口にし、コタツの中央に缶三本とアップルパイが入った紙袋を置いた。

体がだいぶ冷えてしまった。あたふたとコタツに入ってカフェ・オ・レの蓋を開き、口の中に流し込む。

甘い。

カヲちゃんは、険しい顔でブラックコーヒーを飲んでいた。この味に慣れると、ミルクのないコーヒーはキツイのかもしれない。「飲めんの？」と言ってみたら、「の、飲めまずっ」と言い張り、目の前で頑張って口にして。つい笑ってしまったけれど、二人で居るのは少しきつかった。

ああ、俺ってば、何をやっているんだ？　距離が大事だ。と、思うのに動いてしまう。マズイよなあ。

口からもれた二酸化炭素が、妙に重く濁っている気がした。胃がキリキリする。

体を傾け、重力に任せて横になった。

スクールバッグがあった。頭より三十センチ程、離れたところに。

引き寄せ、手を中に突っ込んだ。すぐにつるんとした物体が手にあたる。

ずっとココにあったのか、俺のスマホ。

画面を見ると、着信が二件とメッセージが二通、入っていた。全部、カヲちゃんからの『そっちに行きます』という内容（電話の内容はわからないものの時間からして、ね）。

……マズイよなあ、本当に。

コタツの上にはアップルパイ。そんなもの、作らなくてよかった――と思うのは酷いことだろう。でも、さあ。

アドレス帳にある、優琉の名を選択。発信マークをぼんやりと見て、かけてみた。

聞こえたのは、一定のリズムで響く無機質な音。誰かと話しているっぽい。優琉用にお茶買ったんだけどなあ。

「アップルパイ……に、おしるこ」

声の方へ視線を動かすと、修が険しい顔でこっちを――コタツの上のものを見ていた。

……まさか、アップルパイ辞退する気？　それは困る。

「〝甘さこってり〟ってカンジだよねえ。まあ、組み合わせ的にはマズくないっしょ？」

作業を中断してコタツに足を（俺を蹴飛ばして強引に）突っ込んだ修は、表情を変えることなく口を動かした。

「僕はおしるこって言――い、ました、ね」

「言ったはず。『本当にいいのか？』と思った」

聞き間違えていない、たぶん。というか、今、自分が言ったことを忘れていて、口にしながら思い出したよな？

「むしろ、甘味が売られていることに驚きなのですが」

だよねえ。

俺は甘いモノも口にするタイプ。でも、普段は夜しか居ない寮で、おしるこを好んで飲もうとは思わない。寮生の多くも同じじゃない？　まあ、コレがあったのは――。

「食堂のおばちゃん用だろ」

でなければ男子寮にあっても売れるわけが、あるか？

修は「ああ」と頷き、おしるこを手にし、……その缶を睨みだした。

「あ～。いつもの紅茶、買ってこようか。それともコーンポタージュが良かった？」

冬ならではの飲み物を、言い間違えた気がする。

「…………結構です」

「本当に？」

「結構ですっ」

「……そっスか」

こういう時ムキになるのって、なんという感情だろう。日本語ムズカシイ。

何を言ってもムダだろう、と判断した俺は起き上がり、アップルパイが入った箱を袋から出した。

パイはすでに四等分になっていた。生地は、照明によって実においしそうに輝いて見える。鼻腔（びこう）をくすぐるのは、香ばしい薫り。

高岡のパイって、どんな味だった？　記憶から味までは引き出せない。けれど、目の前にあるパイは、甘すぎず食べやすい味に仕上がっているような薫りだ。——さてと。

再び電話をかけてみた。ワンコール終える前につながった。

「優琉？　今、俺のトコにカヲちゃんと高岡のばあちゃんの合作アップルパ——」

切られた。しかも、一言も発してもらえなかった。今の、優琉ではなかった、のか？

思わず、画面を見て首を傾（かし）げた。

「どうしたんですか？」

「俺も訊（き）きたい」

と口にした直後、部屋のドアが勢いよく開いた。

「食ったのか!?」

……ああ、ソレか。電話が切れた理由って。

言葉を放（はな）った優琉の息は、切れまくっていた。部屋は同じ階でも正反対に位置し、間には十室程存在する。全力で走ってきたようだ。

「よくやるねえ。スゴイ、スゴイ」

そこまで惚れていたとは。必死っぷりに、軽く引いた。

「わるかったなっ」

声を荒げながらも、優琉はパイを目にするとコタツの前に腰をおろした。出て行く気なんてまったくないらしい。

目の前のパイを興味深げに見ては、

「すげえ」

とつぶやいた。

「何が？」

手作りってとこが？　過去のカヲちゃんの料理は、そんなに酷かったのか？

「……別に」

説明でもしそうな顔をした後、お茶を濁された。

目の前にあるパイは、よく見ると少しゆがんでいる。けれど、おいしそうな色と形だし、ゆがんだのはカットした時か移動が原因だろう。

カヲちゃんは見栄えに自信を持っていた。あの様子から想像するに、ばあちゃんは指導に徹したのだろう。そして、優琉の反応が反応だ。かなり進歩した、ってことだよね。

まさか味までひど――いや、それなら優琉が走ってくることはないか。昔は、見た目が悪くても味はそこそこかそれ以上だった、と、思うことにする。

「――今の、誘いの電話だったんだよな？」

しっかり座っておいて、今更訊くのか。

「そうそう」

冗談で「違う」と言いたかった。が、最近脚を蹴られることが多い。さっき修にも蹴られたのだ。これ以上蹴られたくないってものデスヨ（こういう優琉をからかったらおもしろそうだけど）。――そういえば。

長い間遮っていた言葉に気づき、俺は視線を動かした。

修が、呆気にとられた顔で優琉を見ていた。思わず片笑む。

そんな俺に気づいたのか、修はこっちを見て、苦々しげに言葉を放った。

「今、知りたくないことを知ってしまった気が……」

そう口にすると、修は缶を開けおしるこを流し込み……顔を、おもいっきりしかめた。

〝妙な〟処世術を習得しているものだ。

俺は、〝妙な〟感心をしながら、カフェ・オ・レを口にした。優琉も、コタツの上に置かれたままのお茶に手を伸ばし、

「今耳にした名も、目にした姿も、忘れるように」

などと偉そうに言いながら、缶を開けた（こっちが言う前に己の分だと判断しやがって）。

「もちろんです。厄介事に首を突っ込む趣味はありません」

俺は大きく頷いた。

「それがイイねえ。優琉が惚れているのは、高岡のばあちゃんの方だか——イタっ！」

け、蹴られた。コタツの中で、脛(すね)を、おもいっきり！

「わるいな。脚が長くて」

優琉はしれっとした顔でお茶を一飲みした後、少し腰を上げ、背後の机にある割り箸と紙皿を取った。そして形を崩すことなく割り箸で、器用にパイを皿の上に置いていった。

俺は優琉の手元から皿を取ると、修と自分の前に置いた。

ああ、もっと早い時間にほしかった……。口にしなくても、視覚と嗅覚からおいしさの確信めいたものを感じる。今の時間に食べるなんてもったいない。

「もらっていいんだよな？」

「へ？」

言葉に目を瞬(しばた)かせ、パイから視線を動かす。と、優琉は困ったような顔をしていた。

なぜ？

「バースデーケーキ、だろ？」

あ、ああ。そういうことか。でも、

「取り分けてから言われても」

——って、俺の誕生日だって、わかっていたんだ？〝こいつ〟が?? あ……。

「俺からの電話の前って、通話相手カヲちゃん？」

「そう、だけど」

「なるほど」

だから、ろくに聞かないながらも会話ができていたのか。カヲちゃんにも、食べろと言われたのだろう。

でも、引っかかるよねえ。『バースデーケーキ』なのか『アップルパイ』なのか——。

突然、自分の傍から短い電子音が鳴った。俺のＬＩＮＥメッセージ受信音だ。

画面を見ると——、

きちんと食べてください。優琉とルームメートさんと一緒に。

というメッセージ。

そして、また短い音がした。今度は優琉の受信音だ。

優琉はポケットからスマホを取り出し、画面を見て。ほんの少し、優琉の眉間に皺が寄った。

そうやって、自分の中に湧いた感情を内部で留めているように見えるのは、たぶん、間違っていない。

「着いたって？　カヲちゃんからだろ？」

俺の問いに皺を深くさせた優琉は、数秒の間をとったのち、頷いた。

——面倒臭い。

「あのさ……」

みんなそれぞれ面倒なものを抱えていて、思っているだけでは通じなくて。

「すでに言われていると思うけど、〝優琉と食べろ〟だって。――で、寮生だと知った上で作られているし、数が数だ。当然〝ルームメートさんと一緒に〟だってさ」

食べてくれないと困るんだ。

カヲちゃんの目は今、俺に向いているかもしれない。でも、大切に想っているのは、優琉、だろ？

「一人では食べきれないって」

優琉は片眉（かたまゆ）を上げ苦笑（くしょう）をもらすと、割り箸を俺らの前に置いた。

「なら、お言葉に甘えて」

と修が言い、箸を手にした。後に続くよう両手を合わせ、目を閉じる俺。

「いただ――――」

二つの軽快な音が、俺の食前の挨拶を割いた。

目を開けると、すでに二人はパイに箸をつけるところで。寸止め状態で停止していた。

「育ての善し悪し（よあ）って、こういう時出てくるよな」

「ですね。共に生活していて衝撃を受ける瞬間の一つです」

「ああ、納得」

引きつった顔の二人に、瞼を忙しなく動かした。

＊

荷物、無事到着しています。ありがとうございます。まだ中身は見ていないけどね。

さて唐突ですが、なつかしの手作りアップルパイをいただいちゃいました。というのも、今日が誕生日だったからです。コレ読む人たちは覚えていた？

っていうか、いつも返事がないけれど、俺のメール読まれているのかな？　送り続けているというのに見られていなかったら、ものすごくせつないんスけど。

まあいいや。俺は約束を守っているし。

以上。家族への定期メールでした。

タケシ

2

降りしきる雨の音。

聞こえないピアノ。

最近よく見る、赤い幻影（げんえい）――。

＊

心地いいリズムをベースで、きれいなリフをチェロで。

その上をピアノが進む、慎重に氷の上を。でも力強く進んで。

ひんやりしていて透明な鍵盤音、空間を包む。が、ふっとあたたかな音。それによって
氷の表面にヒビができ――、
ダメだ。融ける。

「温度下げて」

カヲちゃんはすぐに対応してくれた。でも、違う。

「音量減らさない」

おとなしすぎたら氷が安定し、つまらなくなる。そんな音では次へ行けないって。

「――ああっ、違う！」

どんっと鈍い音を立て、氷が割れてしまった。足元を失ったこっちも転落。

だから言ったじゃないか。

「カヲちゃん……？」

必然的に手が止まった。俺は、息と共に苛立ちを吐き出した。

わるいね。望んだものと違ったんだ。冷たく厳しい響きと、やさしくて爽快な音が欲し

いんだ。なのに、なんでそんな音出すんだ？　なんでそんな弾き方するんだ？　機嫌悪いわけでないのに。

「本気出してほしい」

俺の声は静かではあったものの、感情が滲み出ていた。

豪快に弾く人だってわかっているよ、きちんと。その上で言っているんだ。カヲちゃんには弱い部分だってある。場の空気だって読める。だから——いろんな感情を乗せてくれ。でなければ、いらない。そんな音、あっても意味ない！

カヲちゃんは無表情で、

「ムリ」

硬質な声を返してきた。

「できるよ。慎重に音出すことなんて——」

「わたしはっ！」

声を荒げたカヲちゃんは、ふと何かに気づいたのか言葉をのみ、唇を噛んだ。

「誰の？」

感情を抑え放たれた言葉。真意、理解できない。というのに、なぜだろう？　胸を鷲摑みにされたような感覚がきた。

「求めている音。それ、わたしの？」

何が言いたいんだ？

――。

「あんな音、出せない」

カヲちゃんの目に、苦渋の色が浮かんでいた。

ああ、うん。そうだな。そんな顔させるのは、俺に余裕がない所為だろう。だとしても――。

「何、言っているんだよ?」

嘲りに似た笑みが、口元からこぼれてしまった。

この人の言葉は、俺には難しい。わからない。なのに、なんで俺の声、温度なくなっているんだ?

「わたしはっ――」

そこまで発して、また言葉をのんだ。

だから、何が言いたいんだよ?

小さく息を吐き言葉を待つ。と、カヲちゃんが言葉の続きを放った。ゆっくりと、掠れた声で。

「ここに居て、いいの? わたしのピアノ、聴いてくれてた?」

「……はい??」

「わたしが知らないとでも、思ってる?」

ゴメンナサイ。成立しない会話に費やす時間なんてアリマセンヨ?

体内を縦横無尽に駆けめぐる、〝焦り〟。

「そんなはずないよね。わかることだもの、あの家に居れば！」

「……俺は、演奏の話をしていたんだけど？」

「してるでしょ！」

どこが!?

まったく理解できない。わかるのは、カヲちゃんが想いを伝えられず、苛立っているってこと。

でも、それはこっちだって同じだ。俺らのファーストライブは明後日(あさって)だ。小さなハコ――ライブハウスにアマチュアで参戦するものの、名を売る大事なライブだ。こんなところで、行き詰まっている時間なんてないだろ。

「あのさ。とりあえず弾かない？　そうすれば見えてくる場合だって――」

「弾かせればいいでしょっ」

俺の話を強い口調で遮(さえぎ)り、カヲちゃんは言葉を続けた。

「どんなにやってもわたしでは満足しない、あんたは」

「……何、言っているんだ？」

他(ほか)に居るんだ？　俺らと引っ張り合いながら疾走できる人が。そんな奴が、そこらにころがっているんだ!?

「呼べばいいでしょ！」

「誰を？」

胸中と異なる冷ややかな俺の声。異性相手に発するのは申し訳ないと思う。が、抑えきれなかった。

カヲちゃんは、躊躇したのか数秒視線を彷徨わせた、のちに、

「巧実くんっ!!」

吐き捨てるよう言葉を放った。

……ええっと。それ、〝誰の名〟かわかって言っている？　なんで〝その名〟が出てくるかなあ？　沙希さんの名が出てくるならわかる。けれど、なんで？　なんで今、出すかなあ!?　〝双子の弟の名〟をっ！

呼んで、弾かせろ？

〝巧実〟にっ!?

「…………何を言っているんだ？」

低い温度の、そのまま人を刺せそうな、氷柱みたいな声が出た。

「そんなこと言ってないで、本気になってよ。カヲちゃんなら――」

突然、強烈な音が場に響いた。がんっと力任せに叩かれた鍵盤音が。

カヲちゃんは、鍵盤を見た状態で停止。「あ、泣くな」と思った瞬間、黙っていた優琉が動いた。

肩を怒らせこっちへやってきて、左手で俺の襟首を掴んだ。そして、もう一方の手が上がった。っ！　殴られ――？

「てめえの耳は、その目は飾りかっ？　ここに居るヤツすら理解できてねえのかよ!?」

俺の襟首を摑む優琉の左手と、強く握り締められた右手、震えていた。

人物くらい認識できているって。なんで伝わらないかね。

「優琉、もういい」

鍵盤を睨んだまま、カヲちゃんが口を開いた。感情殺した声で言葉を紡ぐ。

「弾くから。武史の言うとおりに、彼の音〝コピー〟するから」

〝コピー〟……？

違う。俺が求めているのは、そんなマガイモノでない。生の、巧実と同等の――〝同等〟？

冷静になろう。

どこからおかしかった？　全然違う弾き方だぞ。いや、音の系統はどこか似ているんだ。そう、あたたかい部分が。

――頭の中、ぐるぐるする。

初めて耳にした時、やっと摑んだ気がしたんだ。

――ぐるぐるぐる。マーブル模様。

あのあたたかさは……知って、いた？

「ダメだ、今日は」

こんな頭では、悩んだ状態では、弾けない。感情ぶつけ合うこのメンバーと演奏なんて

したら、俺が壊される。だから、

「終わりにしよう。んじゃ、また」

一音さんをケースに入れ、俺はスタジオを後にした。

＊

巧実はピアノの〝天才〟だ。

熟練職人の作った綿菓子（わたがし）が陽（ひ）を受けて輝くような、ふわふわしていてあたたかい音。触れると壊れる究極のガラス細工のような、冷ややかで透明な、厳しい音。

相反（あいはん）しているようでそっくりな二つの音を、巧実の指は紡ぐことができた。妥協せずに技術を追求し続ける、包容力ある人物だからこその。

そんな巧実の音は、当然いろんな人に目をつけられていて、デビューしないかって話、いくつもの事務所からきていた。断っていたけれど（演奏は好きでも仕事にしたくはなかったのだろう）。

で、俺はというと……。ユニットやバンドを組んでやる音楽なら「有りだな」と思っていた。楽しいかと思って。だから、俺の元に話がきた時「巧実と一緒なら」と答えた。

事務所は、巧実を落とそうと躍起（やっき）になった。〝双子〟というだけでネタになるし、父さんと母さんの名もあるし。〝双子の兄弟〟を落とせれば、最高の食材として扱えたはず。

けれど……。

あの音、大好きだったんだ——俺の一部だったんだ。

カヲちゃんの音を耳にした時、コレだと思った。嬉しかった。弾き方は全然違うのに、眩しいほどの〝才能〟があるから、俺は——。

＊

優琉は居なかった。俺が夕食をとり終えても、食堂に現れなかった。あと十分程で夕食の時間が終わるというのに。

心臓が、謎の感情で圧迫される。気に入らない。

食堂を出て、廊下を進んだ。気づいた時には、別のテーブルで食べていた修の姿はなかった。もう部屋に居るのだろう。

「どうした？」

さっき見かけた宮っちに、後ろから声をかけられた。

怪訝な顔でこっちを見ている。俺の様子がおかしいとでも思われたのか？　だとすると厄介なことになったかも。

「ん？　何が〜？」

足を進めながら明るい声で返してみた。

宮っちは訝しい顔のまま、頬をぽりぽりと掻いて。

「いや……。顔合わせてもヒトミのこと言ってこないからよ」

ああ、そっか。

失敗した。

「ヒトミさん、元気？」

声の抑揚はないは、取って付けたような言い方だはで……。

「夕食前に何を食った？　腐ったモン食ってないだろうな？　まさか、腹減って道に落ちていた何かに手を——」

「食べてないって。ひっどいなあ」

こう見えても俺は、〝ぼっちゃん〟なんスよ。落ちているモノに手を出すほど、資金に困っていません。

だから、いろんなものがわりと簡単に手に入っていた。執着を覚えるのは——そう、〝音〟くらいだった。

階段を上る手前で、俺は足を止めた。奥にある玄関の先へと目を細める。

暗闇の中に、人影はなかった。……そっか、二人でまだ居るんだ。

別れてからスマホは鳴っていない。俺を追い駆けてきたり、寮にやって来たりしてもおかしくないと思っていたカヲちゃんだけど——いや、あんな別れ方したんだ。追ってくるわけがない、か。

胸の奥を圧迫する霞がかった感情、濃度が増した気がした。

「ヒトミ弾くか？」

先に階段を上がっていた宮っちから前触れなく言われた。

心配、されているのか？

「いいッス。今日はヒトミさん壊しそうなんで」

なんて笑って答えて。見開かれた目を受け流し、俺は階段を駆け上った。

速度を下げずにただ進む、進む。

「――い、――――ま――っ」

背に投げかけられた言葉。何を言っているのかわからない。でも、今はどんな言葉も欲しくない。

部屋へと走った、ひたすらに。

聞こえるのは、やさしすぎる鍵盤音。自分が発生させている足音も、すれ違いざまに放たれた寮生の声も、遠かった。ずっと前から……。そう、ずっと捕らわれていたんだ。この〝大好きな音〟に。

部屋が見えた。

足を速め、ドアノブへと手を伸ばし――勢いよく開けた。中に入って扉を閉める。

心臓がどくどく鳴っていた。息は乱れ、視界が霞む。

傍には修の気配が。突然のことに驚いているか、いつもの奇行だと捉え呆れているか。

……そんなこと、どうでもいい。

俺は、ベッド脇のスタンドに立て掛けてあった弦二を摑み、弱音器(ミュート)をつけ、弾いた――。

8章　雲を動かす音

1

身体(からだ)、熱くて。

全身、心臓のように脈を打っていて。

同じ顔がそこで叫んでいるのに、口すらも――。

傘はどこだ？　こら、雨で身体(からだ)を冷やすなよ。風邪ひいたら演奏に支障をきたすって。

――なんなんだ？　この状況は。ああ、なるほど。

ぼんやりと把握できた。瞬間、気になったのは手。

右腕は己の身体(からだ)が敷いている様子。かわりに左腕を顔のところにまで動かし、指を見て――。

＊

〝赤い〟幻影(げんえい)。

それは、瞼の裏に焼き付いている、俺とそっくりな外見をした、双子の弟――巧実の、経験。寒い冬の、冷たい雨の日に起きた、事故の光景。

二人で道を歩いていたら、俺の背中に何か掠めて、よろけて……。横を向いたら、一緒に歩いていた巧実が居なくて。車が、少し行ったところで建物にぶつかって止まって。

――雨が降る、降る。

気がつくと、まるでドラマのワンシーンみたいな状況が目の前に広がっていた。とは言え、その時は何が起きたかなんて理解できていなかったし、覚えてもいない。

俺はとにかく必死になって、焦って、喚いて。

――いつでも、背後に感じていた雨。あの日から続いていた耳障りな音。

ケガは、指を骨折し、肋骨を複数折った――程度だったのかもしれない。誰が救急車呼んだか、俺がどんな行動をしていたか、そこらのことは、わからない。

医者からの説明は俺が聞いたはず、なんだ。

母さんたちはなかなかやって来なくて、着いたのは手術がとうに終わった頃で。俺らにたくさん謝罪してきて、「何を今更」って思ったりして……。覚えているのはそんな、親への感情中心。それすらも、ぼんやりとした記憶だったりする。

巧実は今も生きている、指も全部ある状態で。だから『よかった』で終わるはず、だった……。

でも、有り得ないことだった。〝生きている〟のに〝弾けない〟なんて。

——うるさい、雨の音。ざあっと、その雨脚が強くなり、耳を、脳を侵していく。

だけど、こんな状況でも、どんな状況でも演奏したくて、気づくと旋律が脳内に湧いてきて……。俺らにとって、指を使った演奏は日常生活を送る上で必要なこと、だった。弾かないと落ち着かず、寝付けないほどに。

巧実のピアノはすごかった。

CDに入っているあいつの音は、〝あの時〟の最高のモノ。数日後にはもっといい音を出していた。身体面だけでなく技術面でも成長期だったのか、ぐんぐん伸びていって。母さんたちが家を留守にしている間に、かなりのレベルになっていた。こいつは一体どこまで行ってしまうのか、行き詰まった時の葛藤は尋常でないのでは、と不安に思うくらいに。

そんな、才能溢れる音を放つ指がおかしくなっても、巧実は、取り乱したり、自暴自棄になったりしなかった。正確には、表情にほんの少し出ていた。が、その程度。動揺しまくるこっちがバカみたいだった（俺が目にしなかっただけで、いろいろやらかしていたのかも、だけど）。

弾こうとすれば、指一本でも足でも弾けはしただろう。それでも、巧実は弾かなかった。退院しても、ずっと。まあ、必死になって弾かれていたら——俺の気が狂っていた。そんな気がする。

——雨。降り続ける雨。

リハビリに通う巧実の背すら、見ることができなかった。

玄関を出て行く時の、ぱたんと閉まるその音が怖くて。俺は自分のベッドに潜り、耳を手で塞いで、塞いで……雨音は止まなくて。

それまで当たり前だった日常が、突然消失した。そんな感じがしていた。同じ顔だったから、事故が余計に怖くて、強烈なものとして捉えてしまったのかもしれない。

やがて俺は、巧実の音に飢え、弾いてほしくなって、誘導するようなこと言ってしまって——。

だから、俺の精神が不安定になっていったから、「日本へ戻りたいんだ」と言った時、巧実は「好きにすれば」と言ったのかもしれない。

そうして、俺は言葉に甘え、弟を家に残し、こっちに来た。

今まで何をやっていたのだろう？　渇きの原因、コレだってわかっていたのに、なのに、逃げ続けていた。〝巧実〟から。〝俺の一部〟から！

——部屋にある白いダンボール。

寮に届く荷物の送り主は、いつも巧実。送り状も、いつも手書き。

あれを見れば、指の調子は戻ったのだとわかる。それは嬉しいことで。とても、とても嬉しいこと、なのに。

巧実は、ずっと〝俺〟に、ただ荷物を送ってくる、だけ——。

あの中にはいろいろ入っているのだろう。けれど、今回も巧実からのメッセージはない、と思う。

手紙でなくてもいい、電話でも、メールでもなんでもいい。何かしらの方法で伝えてほしかった。もう〝元に〟戻った、と。

俺の身勝手な願いだ。思っているだけで言えはしない。——あっちに居る時は口にしてしまった酷い言葉の数々、この距離のおかげでなんとか留められている。

弾くようになれば母さんたちが騒ぐし、復活すれば周りも黙ってはいない。それが答えだ。

なのに、今でもあの音が復活することを願ってしまって。離れても想いは消えなくて。ダンボール箱の封を開ければ現実を見せ付けられるようで……。

事故の被害者である巧実のケガは、一般的には軽いものだったのだろう。だとしても、俺はあの時、怖かった。

そう、怖かったんだ！

いつも傍に居る唯一の人間で、俺とそっくりな人間——それが、消えてしまうかと思った。だから！

あの曲……、カヲちゃんに怒ってしまった曲。あれは、巧実と作曲して、巧実のピアノと俺の一音さんとで演奏をした〝最後の曲〟だった——。

あいつのピアノと一音さんとの相性は、抜群だった。巧実が生み出したなめらかな氷上を滑ったあの時の音は、録っていなかったことに後悔を抱くほど、最高のもので。「一音さんの相手は、こいつのピアノ以外にない」なんて思ってしまった。だから、だからっ——！　なんで、こうもすぐ、溢れそうになるのだろうか、俺は。巧実ではないんだ、もっと我慢して、頑張っていかなくてはいけないのに。

だから、「俺は頑張っているよ」と伝え、進もうと思った。それなりの音を巧実に提示しようと思ったんだ。けれど、やり方を間違えていたらしい。

ああ、どうすれば、どうすればいいんだっ！

うるさい。

どこかで鳥が歌っている。穏やかな気持ちの時には心地いい声が、今の俺には耳障り(みみざわ)り。

少し黙ってろって。

朝、早めに来た学校——で、誰も居ない音楽室のグランドピアノを弾いていた。調律、甘い。半音とまでいかないものの狂っているところがある。

ヘンデルの『Lascia Ch'io pianga（私を泣かせてください）』、巧実はどう弾いていたっけ？　ここはしっとりと、もう少ししっとりと——違う。

ああ、わからない。

どうやって出すんだ、あの音は。

わからない。

わからない。

わからない。

カヲちゃんならコレ、どうやって弾く？

……違う。

俺は俺の音しか出せない。マネをして音を出しても、それはマガイモノでしかない。そもそも、あの音を再現できるわけがない。

ああ、バカだ。

バカだ。

バカだ。

バカだっ！

鍵盤に指を叩き付け、感情任せに音を出した。

気づくと、きちんと『Lascia Ch'io pianga』になっていた。これが俺の『Lascia Ch'io pianga』。

雨の中、ひどく光を求め、自由を切望する俺の音。そこに鳥の声が加わって、旋律に深みが増していく。

なんだよ、もう。なんで、つらかったことすら、音の肥やしになるんだ。なんで、こんなにも貪欲で雑食な〝音〟なんかに、俺は捕らわれているんだ。

なんでこんなにも――遠いんだ、朝！

「――っ!!」

突然、後頭部に激痛が走った。

涙目になって後ろを向くと、優琉がうんざりした顔で立っていた。

「朝っぱらからそんな音聴かせんな」

……………今、辞書入ったスクールバッグで頭殴っただろ？　しかも、昨日の事があって
——顔を合わせたのはあれから〝お初〟なのに？

優琉は鍵盤側にあるピアノの脚に背を預けて座り、腕を下にだらりとおろした。そうして自分の手を見て、独り言のように口を動かし、

「オレはオマエの心配なんてしない」

と、どこか不貞腐れた感じ。

「オマエが悩んで音に深みが増すのなら、それはそれでいいと思う。もっと悩めってな。そういう人間だ」

ただ聴きに来たわけでもなければ、様子を見に来たわけでもないようだ。これって
……。

「——だから、今の音はケンカ売っていると思った。弾きたくなった」

優琉は、大量の息を床に落とした。

「あいつの場合は違うんだろうな」

声にまじっている、疲労感を彷彿させる何か。

窓から入ってくるのは、穏やかな朝ならではの日常音。翳るこの部屋とは異なる音が、

室内に広がる空気を、濃くさせる。

「オマエの音を本気で求めながら、オマエを本当に心配している、〝あいつは〟な」

それは、これといった抑揚も温度もない声で、さらりと口にされた言葉。カヲちゃんの想い。

「……何、言っているんだよ」

それをお前が言うなよ。何を口にしているのかわかってんのか？　あんた、カヲちゃんのことを想って――!!

表情なんてわからない。なのに、苦笑したのがわかった。

「優琉、お前まさか諦め――」

「あの後」

やんわりと防がれた、続く言葉。

俺が、二人だけの会話を知る由もない。でも、幼馴染同士の会話はごく自然だ。二人が離れ離れになる前にはいろんなことがあって、いろんなことを話していたのは伝わってきていた。

「あの後、必死に練習していたぞ。泣き顔でさ」

外から聞こえてくる鳥の声、音のない音楽室。俺と優琉。そして――。

俺を、ひとりで待つカヲちゃん。やわらかな薫りと心地いいアルトの声。もこもこの繊維で覆われた手は、豪快な音を奏でるもので。

口の中に、お手製パイの味が蘇(よみがえ)る。

「………そっか」

息と共に、小さな声が俺の口からもれた。

何年も会っていないのに、すれ違っただけでその人だと気づいた優琉。顔や手にケガをしてでも弾きたいのはベース。口数は多くはないけれど、しっかり主張して真っ直ぐ俺に語りかけてくれる音。

「オマエが自分をどう思っているのか知らねえけど……」

二人の間には、俺が介入できない長い時間が存在していて。会えない間も、優琉はひたすら想い続けていて。なのに……こいつは、すっと割り込んできた俺に文句を口にしないで。

「オレは、感謝している」

ただ一人の幸せを願って——。

本当はわかっていた。カヲちゃんの想いも、優琉の想い同様、本物だと。それを一時的なものだと思い込もうとしていたのは、俺の精神が受け入れられる状況ではなかったから。

ああ、まいったなあ。

二人への、いろんな感情が胸を圧迫。これはどこか、境内(けいだい)で感じたものに似ている。切なさのような、嘆(なげ)きのような。なんという言葉で表現するのだろう。

音にすると、そう……〝バラード〟。

ゆっくりと立ち上がった優琉は、俺の顔を見ずにドアへと歩きだした。そして、ドア近くに到達すると

「今日の練習、サボんなよ」

なんて付け加えたように言って、去っていった。

「………」

音楽室。広い空間なのに人が居ない所為で、開け放った窓から外の音が聞こえすぎ。鍵盤。窓から射す陽で輝きすぎ。

本当に、まいったな。

俺はわがままなんだ。どこまでも、わがまま。これからだってたぶん、自分のことしか考えられないだろう。

あの事故から逃れようと二人を振り回した。挙句の果てに、昨日の件だ。本当にわるいことばかりしてしまった。なのに、二人は……俺を、受け入れてくれるようだ。それぞれ想いを抱えながらも。

鳥の声が耳に響く。励ましみたいに、背を押すみたいに、都合よく聞こえる。

真っ白い鍵盤。赤の次に好きでない色。

その色を睨んで、後頭部にまで上がってきた感情が引くのを待った。目元に滲む塩水、溢れさせないように。

2

校門を出てほぼ正面。そこに、グレーのワゴン車が止まっているのが見えた。

車を気にしながら門を出た。俺以外の生徒も、車をちらちらと見ながら歩いている。どうも学校の門前にある車ってのは、生徒の興味対象になりやすいようだ。業者やご近所さんの車であることがほとんどで、別にこれといった事情なんてないのが大抵——とわかっていても。

窓は黒いフィルムに覆われ、内部が見えなかった。通過した際になんとかわかったのは、運転席に居るのがスーツの男ってことくらい。

なんだ、男か。

だから前を行く奴らは、ここらまでくるとしっかりした足取りで歩きだすのか。俺も同様、車から視線を外すと、足の動きを元に戻した。

「待って！」

突然、女性の声がした。俺の背後から。

声質はメゾのようだ。どこかで聞いたことが、ある？

振り向き見た車は、運転席の真後ろ——右側後部座席のドアが開いていた。

が、開いているだけ。そこから顔も体も出ていない。周囲に女性の姿は……、杖をつくばあちゃんと孫っぽい子の姿しかない。今のは車から発せられた声、か？　誰に向けたんだ？

帰路につく生徒の多くは、開いたドアの中を見ると意外なものを目にして驚いたような喜ぶような顔で、歩く速度を下げだした。止まった奴らもちらほら。けれど、近寄る奴は居ない。

呼ばれたという確信もないのに、止まっている俺。興味は、グレーの車に向きまくり。声が気になる。あの声は………！

進行方向を車に設定。そっちへ一直線――と思い、運転席を見た。瞬間、俺の顔が硬直した。

運転席の人、知っていた。

なぜ気づかなかった？　というか、なぜココに!?

俺は早足で車へ向かい、開いたドアの前に立った。

で、ドアを少し閉め、周りの奴らに極力中を見られないよう体で塞いだ。――チェロ背負っていればよかったかも。

「何やっているんスか？　沙希さん」

見ると、後部座席に置かれた複数ある紙袋の一つに手を突っ込んで、がさごそやっている沙希さんが居た。

「あ！　ごめんね。渡したいものがあって」

自分のCDを出してはその奥を覗いて……ってことを繰り返している。

俺が困惑の息を吐くと、運転席に座るマネージャーさんの口が開いた。

「沙希。乗ってもらうか諦めるかしてくれないか？」

「そ、そうよね。――あ、入って」

言いながらこっちにあった紙袋を避け、座る場所を作ってくれた。

学校の前だ。正直乗りたくない。いろんな意味でイヤだ。でも、仕方がない。

「お邪魔します」

ささっと入って、野次馬の視線を遮断。

ドアを閉めたとたん、車は静かに動きだした。角を左に折れて駅方面へ。

備え付けのTVに映っているのはサスペンスドラマ。山場の、犯人と思わしき人を追い駆けるシーンが流れていた。

沙希さんは、まだ〝渡したいもの〟とやらを探している。

車は、駅へと続く広い通りに出た。ドラマは、犯人っぽい人が捕らえられラストまで一直線。こっちもぐんぐん進んでいく。

ちょ、ちょっと待った。

「ええっと。俺、これから用があって――」

どこまでつれて行かれるんだ？　今日の練習に顔を出さなかったら、二人に会いづらくなるんだけど（気分の問題）。それに、車なんて乗っていたくない。早くここから出たい。

びくつきながらマネージャーさんに言葉を放った、ら、鏡越しで小さく頷かれた。

よかった。——元から俺を乗せる予定はなかったとわかっていても、つい最近なし崩しで拘束されたから、さ。

「あった！」

唐突に、ばっと体を動かした沙希さん。

耳にした言葉に胸を撫で下ろしたのも束の間、安堵と嬉々とした顔を向けられ……。眩しいっス。こういう顔を向けられると、警戒してしまう。

「どうぞ」

渡されたのは、A5サイズ程の〝袋〟だった。幼児に人気の、愛嬌ある人面車の絵が印刷された青いヤツだった。

「これ何？」

この袋が幼児向けだから、複雑な気分に陥るのですが。

「ちょうどいい袋がなくてごめんね。中身は、この間協力してもらった音源とかなの」

ふ〜ん。——ってこの袋はないだろ。そもそも、

「なんで沙希さんが？」

こういうのって、直に渡す必要なんて、ない。何か理由あってのこと、だよな。

「たぶん、こうしないと気が済まなかったの」

自身の行動に少し驚いているのか、自身に訊いているのか、その両方なのか、微妙な口

調で返された。

「お礼を対面で、きちんと言いたくてね。これは口実」

「なんだ。よかったのに」

正直、あまり会いたくなかったしさ。

俺の胸中に気づきもしないようで、彼女ははにかんだ笑みを向け、「ありがとう」と言ってきた。そして、

「今度また一緒に――」

「イヤだ」

なんでそうなるんだよ？　今はもうあの時以上の音、出せるんでない？　リハビリ期間を終えたあんたと演奏できるほど、力量あるように思えるか？　だから、真顔で却下。でも、まあ……。

「うちのメンバー込みなら考えるっスよ。あの二人がやりたいって言えば、ね」

「そうくると思った」

降参って感じの笑みをもらった。

なんだかとても楽しそう。以前とは大違いだ。

あの時、俺は、敵に塩を送ってしまった、のか？

気になった、音源が。

寮に戻るとすぐに袋を開けた。中にはＣＤと封筒が入っていた。——封筒？

封筒を開けると、三つ折りにされた白い紙が数枚入っていた。

そういえば『中身は、この間協力してもらった音源とかなの』と言っていた。その〝どか〟がコレらしい。

紙の後ろはボコボコしている。硬いペン先で書かれた時にできるアレだ。

沙希さんからの手紙？

イヤな気が。なんて思いながらも、手は自然と紙を開いていた。

あったのは、ボールペンで勢いよく書かれた、音符の羅列……。

疑問符、頭上にぽんぽん発生。

でも、それなりの反応を顔に出せはしなかった。習性なのか、音符を一度目にしてしまうと辿ってしまって止まらないから。しかも、これは……。

主旋律、すっごくきれい。

沙希さんの音で奏でれば、この紙の上に広がっている音よりも、もっといいモノになるのは目に見えている（という表現おかしいよな）。

名曲だ。

違う。〝名曲の種〟みたいなモノだ、この紙は。

紙の上で躍るオタマジャクシは、〝音〟として世に生まれていないだけではなかった。

〝曲そのもの〟が、完成していなかった。

音符は、途中でぷつりと切れていた。切れる直前には書き直しがいくつも入っていて、そこから黒い糸のようになった無意味なペン線が、ぐしゃぐしゃってあって……。後は〝空白〟。最後の紙は、三分の一が〝白〟だった。その一部に書かれていたのは、十一桁の数字——電話番号。

この音符の書き方からして、わざと途切れさせたわけではなく、また急いで写し書きしたものでもない、と推測できる。原本だ。

おいおい。勘弁してくれよ、まったく！

紙から目を離し、俺は長い息を吐いた。謎の笑みを浮かべながら。

＊

一つ大きく深呼吸して。

「選曲ミスっていた！　曲変更～っ」

スタジオのドアを開けると同時に、俺は明るい声を発した。

中には優琉とカヲちゃん。二人は楽器に触れていた手をぴたりと停止させたのち、間接が錆びついたかと思わせる動きで首を回した。

顔、イビツっスよ？

「ヤマノベタケシさ～ん。昨日の今日で、しかも三十分遅れておいて、それかよ」

「そう。で、曲なんだけれど──」

優琉の指摘をあえて流し、椅子を引き寄せ、座る。と、俺はチェロケースを抱きかかえ、話を進めた。

「ごめんなさい。いろいろと間違っていた。すべては俺が原因です」

さらっと出てきた謝罪。

実は、扉の前でどう振舞おうか、どう言おうかと少しの間悩んでいた。それによってまた別の悩みだとか後悔だとかまで頭に浮かんでしまい、結論なんて出ず。「考えるより行動だ」と思っていても、二の足を踏みまくっていた。──が、こんなモノだったのか。口元から薄い笑みがこぼれた。

「今回はお披露目ライブだ。だから、メンバーの個性を充分に活かせるような演奏と選曲をすべきだった」

あの曲をやりたいって言い出したのは、俺。二人は少し難しい顔をしながらも頷いてくれたので、つい甘えてしまった。本当はずっと、このメンバーで弾くことに疑問を感じていたんじゃないか？　不向きな曲だっただろ、カヲちゃんには特に。

優琉が、静かに弦をはじきだした。

するとカヲちゃんは、己の手を鍵盤の上に置いたまま、優琉の手元を見だした。でも、こっちに耳を傾けているって、なんとなくわかる。

散々なことを言われたのに、こうして練習に来てくれるカヲちゃんって……オトナだな。

――で、どうしよう?

言いたいことも思ったこともありすぎ。頭の整理が追いつかない。とりあえず、重要事項から。

「ザッズとの本契約はまだしていない。ライブやってみて、慎重に考えよう」

だからこそ余計、ライブでは好き勝手に演奏してみる方がいいと思うんだ。観客の反応や場で感じたあらゆるものが、方向性を見極める材料にもなるし。

「あ、あの。〝本契約はまだ〟って……」

電子ピアノの前に座るカヲちゃんの声、わずかに硬かった。内容の所為か、昨日の所為か。

「武史にかかっている声でしょ。便乗していいの?」

そっか。そんなふうに感じるのか。

「俺は前から、メンバー揃ったら考える――って答えていた。で。二人の演奏は、ショーたちの耳に入った時点で、業界内で広まっているみたいだよ。情報収集がうまい人なんて、優琉の出るライブに来だしただろ?」

優琉は一瞬手を止めた、ものの、それだけ。これといって声を発することなく、ベースに触れ続けた。

「あ、抜けて別の話に乗ろうとするなよ」

ちらりとこっちを見た優琉に、ため息を吐かれた。スミマセンネ、こんなことを言って。

「えっ？　え??」

言葉にならない声を上げるカヲちゃん。俺と優琉を交互に見ては、おろおろしている。寝耳に水、だったのかな。

「カヲちゃんの場合、その存在をあまり人に知られてはいない。それでも、バイト先が平穏なのは、店長がカヲちゃんを持っていかれたくなくて、ガードしているからだ。この間、瀧澤シショーと草ノンが店に来ただろ？　あんな感じで、客の中に関係者が紛れていたりする。探してみると楽しいよ」

耳肥えまくった俺が見つけた二人なんだ、業界人に知られれば名なんてあっという間に広まるって。

カヲちゃんは目で「そうだったの!?」と言ってきた。演奏のことや弾きたいという感情でいっぱいで、周囲に目が向いていなかったのだろう。この様子では、優琉、見えないところで苦労していたんだな。幼馴染だから余計、頑張って口にした言葉を、違う意味で捉えられそうだし。

「ま、そんなワケなので。演奏する曲は練習していた『The Entertainer』と、他は初セッション時みたいな既存のロックでいいんでない？」

チェロって、バイオリンやコントラバスみたいにロックライブに出てくることはほとんどないから、日本では高尚なイメージがある、っぽい？　なので、コレで人を惹きつけられると思う。最初に今人気のロックを弾く方が効果絶大、か？　今回は、いろんなバンドに紛れて演奏するんだ。がつんと効かさないと。

「でさ～。その後はオリジナルもやりたいトコだけど……とりあえず好きなものを弾くカンジで。ノリ重視でいこう」

「ということは、揉めた曲の練習は無意味だったと？」

優琉が手を止め、こっちを見てきた。片眉が上がっている。

「だったねえ」

なんて笑って返したものの、まったくの無意味だったとは思わない。一緒にやったからこそ、いろいろ気づけた。こんなざっくばらんな打ち合わせで平気だと思うのも、二人と過ごした時間があってこそ、だ。

俺は椅子から立ち上がり、チェロケースを床に置いた。

「あの曲を選んだ俺が浅はかだったんだ。あれは俺にとって特別な曲だからさ。誰だろうと弾けるはずがなかったんだ」

〝だからこそ〟やりたかった。けれど〝だからこそ〟ムリだった。

ケースを開き、一音さんに触れた。

長年一緒に過ごしてきた彼女。弦二も三胡ちゃんも手に入れたのに、いまだ一音さんに縋りついていた。この音が好きで。

違う。彼女を弾き続けていればあの時に戻れると、どこかで思っていたんだ。……バカだなあ。

一度強く瞼を閉じ、息をゆっくりと吐いた。そして、再び目を開いて、眼球から光を体内に取り入れ。声を発しようと——すると同時に、妙な笑みがもれた。

「俺、さ……。逃げて、きたんだあ」

おもしろくなんてないのに笑ってしまう。いつの間にか、こうやって誤魔化す癖が付いていた。嫌味な癖だ。

こっちを見た二人の顔、渋いものになった。

ああ、声と顔のバランス狂っている。声、震えすぎだ。それでも俺は、笑みを張り付けたまま口を動かす。

「二人は、我が家のことをどこまで知っている？」

投げられた問いに、カヲちゃんは瞳に少し動揺の色を浮かべ、

「すごいご両親で、弟いるって……」

なんて、〝らしい〟口調で返してくれた。

「それを知ったのはいつだった？　うちくる前から？」

こくりと頭を縦に振られた。

だよな。今まで訊かずにいたけれど、知り合ったばかりの俺のところにカート一つでやってきたんだし、昔噂になっていたらしいし……これといった情報を得ずに山之邊家に来たのでなくてよかった。

「弟さんのことは、名も、音も、顔も、たまたま……」

「オレもそんなもんだ」

「そっか」

カヲちゃんは、ある程度の情報を得ていたのだろう。それでも、情報源となる高岡夫妻の情報は古い。二人の様子からして、弟のことは〝知らない〟に等しいだろう。

「二人に、話すよ。今まで言わなかったことを」

あの〝赤い〟幻影の話を………。

3

はじまりは、繊細で儚く、やさしいピアノの音から。

話を終え、なぜか始まった演奏。あの、問題の――巧実との曲。カヲちゃんなりの解釈で弾いている。

静かに静かに、何もない殺伐とした大地にぽつんと存在する凍った泉。

その表面をなぞるよう風が通り……きんっとヒビが入った。と思ったら、鍵盤が激しい音を放ち、氷を、割った!!

え、何これ？　全然違う。違う曲になっている。

カヲちゃんは鍵盤を叩いて、叩いて。

厚い氷、砕く、砕く、砕く！

そうして表面に……水が現れた。

奥へ奥へと落ちゆく氷は泡を発し――。

カヲちゃんが優琉に顔を向けた。二人の視線が絡まって。

腹にくるベースが乱入。カヲちゃんの音と相まって感じる、熱。

熱い陽射しが水中に突き刺さる。少しずつ蒸発していく泉の水。

水、上へ上へと静かに、光り輝きながらあがっていき、泉は涸れ……天に雨雲が生まれた。

ああ、ここで雨音ゆったり入って――って、ええ!? おもいっきり弾きやがった、カヲちゃんと優琉が！

おかげで、枯渇した泉がまたもや復活しそうな勢いの豪雨――いや、ここまでくると、もはやスコール。

轟く天。稲妻走る空間。

水滴、大地が悲鳴をあげそうな勢いで突き刺す。

ここからどうするつもりだよ？　と思ったら、カヲちゃんと優琉がこっちを見た。

俺？　どう入るんだ？　――わ、わかった！　泉も大地も復活させてやる!!

一音さん、二人に負けじと鳴らす。

俺だけゆったりと、すべてを包み込む穏やかな音色で。

泉、激しい雨の受け皿のように水がはり、その周囲に芽、一つ、二つ、顔を出した。
弱まってきた、雨。
静かに、けれど急激に増えゆく緑。
泉の水面、雲間から射す陽できらめいて。
一音さんの声をめいっぱい響かせ、歌わせ、草の丈を伸ばし、伸ばして……。
やさしい鳥の声。
あたたかな陽射し。
――大地の、歌。
そうして、三人の音がやわらいで。
なんだか心、満ちていく。
カヲちゃんと優琉に目をやると、困ったように笑って俺を見ていた。
いい音だ。まいるね。これじゃあ一音さん離せないな。
二人の音が止んだ。
一音さんがすっと出て、歌う。穏やかな声で。
大地に緑を、命に祝福を、と――。

「負けた」
演奏を終えた瞬間、カヲちゃんが小さな声をもらした。そして、ピアノからよろよろと離れだすと、床に膝をつけるようにして腰を折り、うな垂れた。

「気に入らない。……あんな音出すなんて」

床に向かっての文句。

ええっと。今のって俺に向けた？

「芽、一つくらいで終わらせるべきだった？」

終わってみると、泉の周囲は森になっていた。——やりすぎた？

大きな息、カヲちゃんとは違う方から聞こえてきた。

立っていた優琉が、いつの間にか身を屈めていた。そして、床に脚を伸ばしだす。

ダメだったのか？

「イイと思う」

床に座り込んだ優琉が、天井あたりを眺め、ぼそりと言った。

……よかった。ダメ出しされるかと思った。

「で？　今の音はなんだ？」

「？　ああ、うん。珍しい音が出せた」

俺は逃げられていなかった。

そう、あの事件にずっと縛られていた。それはたぶん、一生付きまとうもので。紐から糸へと変化するのかもしれないけれど、一生モンで。

だからこそ、二人が必要だった。俺だけでは立つのがやっとだったから。二人の演奏のおかげで、足元の感覚が戻ってきた気がする。

床にあぐらをかき、チェロを抱きしめてみた。一音さん、最高。

「これからはもっと、いろんな音が生まれてくるかもなあ」

優琉は長い息を天井に放（はな）つと、あぐらをかき、床を見た。

「一音、大切にしろよ。てめえ自身も」

低い声、ひどく真剣な話のように放たれた。でも、さあ。

「優琉は本当、恥ずかしい奴だなあ」

冷やかさないとやっていけんわ。

「オマエもな」

なんて、ぼそっと返しながら右手で顔を覆われた。言葉、否定しないんだ？

何気なくカヲちゃんを見る。と、目が合った。〝柳眉（りゅうび）の間に皺〟ができている。昔馴染というものは、根っこの部分が似るのだろうか？

「なんかイヤ」

へ？　俺、気に障ることをやった？　気づいていなかっ——。

「仲良すぎ」

思いっきり、吐き捨てるように言われた。

俺は一音さんを抱きしめ、そのまま体を横に倒した。床のひんやり具合が心地いい。

「カヲちゃんに嫉妬（しっと）された」

俺、今、幸せかも。

「ち、違いますっ」

どもってマスヨ。

「カヲリ。オレ、男なんだけど……」

「違うってば！」

頬を膨らますカヲちゃんと、それをからかう優琉。どうにもあたたかい空気で、床の温度までぐんぐん上昇。顔がにやけて仕方がない。

俺は、床に顔を押し付けた。

もし巧実が、事故で「音楽を奪われた」と思っているとしたら、俺のやりたいことは、あいつにとっての〝皮肉〟。けれど、俺には音楽で伝える術しか思い浮かばない。いや、俺らはすでに〝音楽〟で繋がっているか。

結果まで考えてから行動しようとしても、身動きが取れなくなるだけだ。そう。あれこれ考えず、根っ子の部分が繋がっているヤツと楽しんでいい、のだと、今わかった。たとえ、枝が縦横無尽に散らばっていても問題ない、らしい。

この二人と音で繋がれた。だから、巧実とも繋がってみせる。

「ところで……。カヲリ、言わなくていいのか？」

優琉の声に目を開き、顔を上げた。カヲちゃんが「う、うん……」と躊躇いつつも、口を開こうとしていた。

なんだ？

「よくわからないけど、なんだか動いているよ。巧実くん」

「へ？」

カヲちゃんの口から、そんな言葉が出てくるとは予想していなくて。俺は瞼を忙しなく動かす。

「年末年始、日本に居た。知らなかったみたいだけど」

――なんだそりゃ。俺に秘密で何かやっている？　巧実が？　いや、荷物の中に何かメッセージがあった、のか？

4

演奏を終え、俺と優琉は夕食ギリギリの時間に寮へ戻ってきた。そうこうして別れ、部屋に入った――ところ、目の前にダンボールがあった。巧実から送られてきた荷物だ。ドアを開けた正面にある俺の机。その前に、どんっと置かれていた。壁側に避けておいたはず、なのに。

ルームメート――修の姿はない（食堂に居るのかも）。

本来の置き場所に目をやると、腰より少し高さのある、両腕を回せばすっぽり収まるくらいの丸太が置かれていた。また彫るんかい！

かすかに笑いながら息を吐き、俺は一音さんを机の脇に置いた。

傍には――荷物。〝巧実〟からの。

気分的にも、今が開封の時かもしれない。巧実が何をしようとしているのか、気になるし。

部屋に居れば、必ずといっていいほど視界にコレが入ってくる。だから、当然気になってはいる。でも、開けるのが怖かった。

巧実は……俺がやろうとしていることを、どう思っているのだろう？

俺は〝いろんなこと〟がわかっていない。

いつも、自分からメッセージを発信して終わらせてしまい、目の前にある巧実からのメッセージ――このダンボールを、きちんと受け取れていない。そう俺は、巧実から顔を半分背け、恐る恐る話を聞いていただけだった。当然、そんな態度では相手のことを理解できるわけがない。そんな単純なことに、なぜ今まで気づかなかったのか……。

――かあっ!!　何をやっているんだ、俺っ！

ダンボールの前に、どすんっと音を立てて座った。

大きく深呼吸。で、封のガムテープを勢いよく剝がし――。

テープと同時に持ち上がった蓋。それを摑んで、中を見た。

すると、ダウンジャケットやセーター、母さんのＣＤ、父さんの公演チラシ、俺愛用の松脂（まつやに）（こっちで買うより安いんだ）なんかが入っていた。

せつなく、哀（かな）しく、くすぐったい想いが胸に広がる。……悔しい。

一番上にあったのは手紙。

見ると、走り書きで『メールは飽きた。電話よこせ』の二言。母さんの字だ。――まったく、よく言うよ。こっちが電話したって出られないくせに。

俺は、一つ一つ、中に入った荷物を取り出していった。

巧実は、いつも丁寧に荷物を詰めてくれる。それはとても嬉しく、くるしいことで。

眼球が水気を含みだした。たくさんの瞬（まばた）きをしながら、手を動かす俺。

やがて、いつもの〝お決まり〟のモノに到達した。ダンボールの底に必ず敷かれているのだ、写真が。といっても、普通のLサイズだったりポスターサイズだったり、人物写真だったり風景写真だったり……その時々で異なるけれど。

今回送られてきたのは、Lサイズの写真。

なんだろう?

映っていたのは、人の背中だった。漢字がプリントされたTシャツの背だ。

そこに書かれていた漢字は『隊長不良』。

……『体調不良』と書きたかったのか、わざとなのか――わからない。でも、巧実がこの写真を選んだのかと思うと笑え――ないかもしれない。

どういう意味だ。巧実の体調が悪いのか？　それで帰国？　でも、カヲちゃんは巧実のことを心配していなそうだった。言っていたのは、『なんだか動いているよ』――。巧実は、何をやっているんだ？

他には、父さんからのメッセージも、送り主である巧実からのメッセージも、ない。

あったのは〝二言〟のみ。

そんなところが〝らしい〟。が、わからない。写真の意味は何？〝動いている〟って、どういうことだ？

ダンボールをひっくり返す。何かが落ちた。

底にあったらしい、白い封筒。ダンボールと同色で気づかなかったけれど、一般的なサイズの封筒が床にあった。

なんだ？　これは……。

床にある封筒を拾う。

少し厚みがあった。小さな何かが入っているようだ。

気づけば、ダンボールを開ける時と違い、すんなり封筒を持っていた。胸中で自分の行動に驚く。

封筒を、翻してみた。

何も……ない。

表と裏、オモテとウラ。何度見ても、封筒に書き込まれた字はなく、糊も付いていない。

見ていいのか？　入り込んだだけ？

と、考えられるけれど、俺宛のものだろう。一番底にあったのだ。こんな場所なら、写真を入れる時に嫌でも目に入る。写真と一緒にうっかり——なんて、有り得ない。この封筒は……。

きっと、ずっと待っていた、これからこうするという、巧実からのメッセージ。

ライブ前日に見て、動揺しないだろうか? そう、もう〝前日〟なんだ。あ、〝ライブ前日〟だからこそ見るべき、か?

手にしてしまった。この重さ、このサイズ。思い当たるモノが、ある。

そんなこと、考えない方がいいのに。違う場合、衝撃がデカくなるだけなのに……。

緊張するぞ、こりゃ。覚悟しないとだぞ、うん。

——あぁっ! 見るの怖っ!

なのに、気になるんだ。どうにも気になって、気になって——っ!!

夜九時半。駅前の時計台の下。足早に通過する人々が発する音、電車が走る音、車のエンジン音、いろんな音、溢れている。そんな中、楽器持って寮を抜け出した俺と優琉はカヲちゃんを呼び出し、弾いた。できあがったばかりの、曲を。

ゆったりとしたリズムの上に、俺と優琉の音を重ね、響かせる。

ぴんと張った鍵盤の音、入って、旋律広がる。

奇妙な主旋律。でも複数の音が揃うと、きちんとした曲になる。一人の音だけでは決して成立しない曲に。

――っ！

言葉にならない感情が胸の中に広がり、掻き乱す。だから、弾かないとやっていけなかった。

かといって、弾いたら弾いたで、また意味不明な感情がどっと押し寄せてきて、わけわからん！

満ちていく。

音が、冬の冷え切った空気に反響し、膨らんで。頭上の、灰色の雲を埋め尽くす夜空を、音圧で高く高く持ち上げ。ちらほら降りてきた白い星まで、上へ、上へ……。

俺ら強すぎ。

足を止めた人々のざわめき加わって、音色、味を増す。さまざまな音とまじわり――完成度が上がっていく、曲。上へとのぼっていく、音たち。

頭上を覆う雲、簡単に突き破れそうだ。

ああ、本当にもう、ごめんなさい！

巧実。俺、お前のことを甘く見ていた。もうイヤになったのかもって、音楽やめるのかもって思っていた。だから、こうやって手を伸ばされるとは、思ってもいなかった。後ろばかり見て探していたんだ。前方を行く巧実を。

やっぱり、巧実も居ないとダメだ。

良すぎなんだ、このドラム。ほんの少しだけ狂ったリズム感が、なんだかとても心地いい。疾走する。音も、俺らも。

俺は幸せ者だ。ありがとうございます。

封筒の中にあったのはドラム音が入ったＵＳＢメモリー。

この音は、調子のいい時にしか出せないものかもしれない。でも、こんなすごいものを聴いてしまえば――。

やろう。俺らの音なら空、超えられる！

＊

おかしなバンドが現れた。

ピアノ、チェロ、ベースのジャズバンドだ。いや、ロックバンドなのかもしれない。そんな、よくわからないバンドなのだ。

楽器編成を目にした限りでは、洒落たジャズバンドを想像するかもしれない。だが、耳にしてみると驚くほど〝やかましい〟。

激しくわめき躍るピアノ、寝込みを襲うように噛み付くチェロ、爽快なまでに自己主張が激しいベース。三人で競い駆け抜ける曲は圧巻もの。

だが、作曲者兼リーダーのチェリストには、このメンバーでは物足りなかったらしい。

先日のライブで、ドラマー加入の発表があったのだ。さらにおもしろい音が加わる、と。
バンドの名は4℃⁺（フォード）。真の温度を体感した時、冷静でいられる観客など存在するのだろうか？

4℃⁺問い合わせ先：THAT'Zz ENTERTAINMENT
http：//xxxxxxxx. xxx
TEL：xxxx-xx-xxxx

『月刊ミュージックファング』
——PUSH!／Live——　TEXT：児嶋栄太

完

著者プロフィール

好野 カナミ（よしの かなみ）

千葉県在住。

それは雲を動かす音 ――4℃⁺――

2022年１月15日　初版第１刷発行

著　者　好野 カナミ
発行者　瓜谷 綱延
発行所　株式会社文芸社
〒160-0022　東京都新宿区新宿1－10－1
電話　03-5369-3060（代表）
03-5369-2299（販売）

印刷所　株式会社暁印刷

ISBN978-4-286-12008-9